몰락하는 자

DER UNTERGEHER
by Thomas Bernhard

이 도서의 국립중앙도서관 출판시도서목록(CIP)은 서지정보유통지원시스템 홈페이지(http://seoji.nl.go.kr)와
국가자료공동목록시스템(http://www.nl.go.kr/kolisnet)에서 이용하실 수 있습니다.
(CIP제어번호: CIP2011003311)

세계문학전집
078

Thomas Bernhard : Der Untergeher

몰락하는 자

토마스 베른하르트 장편소설

박인원 옮김

문학동네

차례 ▋

오래전부터 계획한 자살이지,
충동적으로 저지른 절망적 행위가 아니야,
난 생각했다.

우리의 친구이자 금세기 최고의 피아노 대가 글렌 굴드도 쉰한 살
까지밖에 살지 못했어, 하고 난 여관에 들어서면서 생각했다.

다만 그 친구는 베르트하이머처럼 자살한 게 아니라 자연사했지.

넉 달 반 동안 뉴욕에서 연습에 연습을 거듭한 〈골트베르크 변주곡〉
과 〈푸가의 기법〉, 글렌이 독일어로 Klavierexerzitien*이라고만 불렀
던 그 곡들에 몰두했던 넉 달 반의 시간을 떠올렸다.

우리가 레오폴츠크론 지역에 살면서 호로비츠를 사사했던 건 정확
히 28년 전의 일로, 계속 비만 내렸던 그해 여름 동안 우리는 이전 8
년간 모차르테움과 빈 아카데미에서 배웠던 것보다 훨씬 더 많은 것

---

* 피아노 연습곡을 뜻함.

을 호로비츠로부터 배웠다(베르트하이머와 내 경우가 그랬다는 것이지 글렌은 물론 아니다). 호로비츠를 만난 후 그전까지 우리를 가르쳤던 교수들이 전부 무능해 보였다. 하지만 그런 끔찍한 교수들을 거쳤기 때문에 호로비츠를 제대로 이해할 수 있었던 게 아닌가 싶다. 비만 내린 두 달 반 동안 우리는 레오폴츠크론의 어느 방에 처박혀 밤낮 없이 연습을 했으며 (글렌 굴드의!) 불면증은 우리까지 지배하게 되어, 낮에 호로비츠에게 배운 것을 밤새 연습했다. 우리는 매일을 굶다시피 했고, 예전 교수들에게 배울 때 등에 늘 붙어 다녔던 통증도 불현듯 사라졌다. 호로비츠에게 배울 때는 연습에 미쳐서 등이 아플 겨를이 없었던 것이다. 글렌이 호로비츠를 능가하는 피아노 연주자라는 것은 종강할 때 이미 명백해졌는데, 글렌이 호로비츠보다 더 잘 친다는 걸 알게 된 그때 이후로 나에게 제일 중요한 피아노의 대가는 글렌이었으며, 그 후로 알았던 수많은 피아노 연주자들 중에서 글렌에 비견할 만한 사람은 없었다. 내가 각별히 사랑한 루빈스타인조차도 글렌을 따라가지 못했다. 실력이 나와 비슷했던 베르트하이머도 항상 글렌이 최고라고 말했다. 비록 당시에는 글렌이 금세기 최고의 피아노 대가라는 말을 입에 담지는 못했지만 말이다. 글렌이 캐나다로 돌아가자 우리는 정말 우리의 캐나다 친구를 잃은 것 같았다. 자신의 음악에 강박적으로 매달렸던 그 친구가 그런 상태를 오래 견디지 못하고 곧 죽을 거라 믿었기 때문에 다시는 그를 못 볼 줄 알았던 것이다. 하지만 함께 호로비츠 수업을 듣고 나서 2년 만에 잘츠부르크 페스티벌에서 글렌은 우리와 모차르테움을 다니면서 밤낮 할 것 없이 같이 연습하고 익혔던 〈골트베르크 변주곡〉을 선보였다. 신문들은 〈골트베르

크 변주곡〉을 그 친구처럼 기교 있게 연주한 피아니스트는 처음이라고 평했는데, 신문들이 잘츠부르크 연주회에 대해 썼던 내용은 이미 우리가 2년 전부터 주장했고 또 잘 알고 있던 것이다. 연주회가 끝나면 내가 즐겨 찾는 막스글란 지역의 간스호프라는 오래된 식당에서 글렌과 만나기로 약속했다. 우리는 말없이 물만 마셨다. (일부러 빈에서 잘츠부르크까지 찾아온) 베르트하이머나 나나 글렌을 다시 만날 줄은 몰랐다고, 글렌이 잘츠부르크를 떠나 캐나다로 돌아갔을 때 우리는 그의 예술 강박증, 그러니까 급진적 피아노주의 때문에 그가 얼마 못가 파멸할 줄 알았다고, 글렌을 다시 만난 자리에서 난 주저 없이 말했다. 그때 정말 급진적 피아노주의라는 말을 썼다. 글렌도 그 말을 받아 내 급진적 피아노주의라는 말을 여러 번 썼으며 나중에 캐나다와 미국에 가서도 곧잘 그 말을 애용했다는 걸 안다. 이미 그때부터, 그러니까 죽기 거의 30년 전부터 글렌은 바흐를 그 어떤 작곡가보다 열렬히 사랑했고, 그다음으로 헨델을 사랑했다. 베토벤은 경멸했고, 심지어 내가 가장 아꼈던 모차르트도 글렌의 입을 통하면 완전히 다른 사람으로 보였지, 하고 난 여관에 들어서면서 생각했다. 글렌은 피아노를 치기 시작하면 항상 멜로디를 직접 따라 부르며 음을 짚었지, 난 생각했다. 여태껏 그런 버릇을 가진 연주자는 없었어. 글렌은 자신의 폐병이 무슨 제2의 예술이나 되는 것처럼 얘기했다. 우리 둘이 같은 시기에 같은 병에 걸려 평생을 고생했고, 결국 베르트하이머도 같은 병에 걸렸던 게 떠올랐다. 하지만 글렌은 폐병 때문에 파멸한 게 아니야, 난 생각했다. 근 40년 동안 속수무책으로 미친 듯 연주했기 때문인 거지, 난 생각했다. 베르트하이머와 나는 포기했지만 글렌은 피아노

를 포기하지 않았지, 난 생각했다. 우리 두 사람은 글렌처럼 피아노 연주를 그토록 엄청난 것으로 만들지 않았기 때문이다. 글렌은 이처럼 엄청난 것에서 다시 빠져나올 구멍을 발견하지 못했으며, 빠져나올 생각도 하지 않았다. 베르트하이머는 자신의 **뵈젠도르프** 그랜드 피아노를 도로테움 경매장을 통해 팔았고 나는 더 이상은 고통에 시달리지 않기 위해 어느 날 **스타인웨이**를 알트뮌스터 지방의 노이키르헨에 사는 어느 교사의 아홉 살짜리 딸에게 줘버렸다. 그 교사 딸이 내 스타인웨이를 단기간에 망쳐놓았다는 사실에 나는 고통을 느끼기보다 오히려 그 무식한 파괴 과정을 심술궂게 즐겼다. 자기 입으로도 늘 말했듯 베르트하이머는 **정신과학**에 입문했고 나는 **퇴화** 과정에 접어들었다. 도저히 참을 수가 없어 음악을 하룻밤 만에 버렸더니 나는 퇴화하기 시작했다. 내 눈에는 어차피 처음부터 치명적이었던 음악 이론을 하지 못해서가 아니라 음악 **실기**를 포기하면서 퇴화하기 시작했던 것이다. 피아노가, 내 피아노가 순식간에 증오스러워졌고 내 연주를 더 이상 참을 수가 없었던 것이다. 내 악기를 더 이상 **구타**하기 싫었다. 그래서 어느 날 그 교사한테 찾아가 스타인웨이를 선물로 주겠다고, 그의 딸이 피아노에 소질이 많다고 들어 내 스타인웨이를 그의 집으로 보내겠다고 했다. 더 **늦기 전**에 내가 대가의 길을 걷기에 부적합한 사람이란 걸 깨달았다고, 매사에 **최고**만을 바랐던 나는 내 악기로는 절대로 최고에 도달하지 못하리라는 사실을 불현듯 깨달았기 때문에 내 악기와 헤어져야 한다고, 그래서 내 피아노를 소질이 있다는 그의 딸에게 주는 것이 옳다고, 다시는 나는 피아노 뚜껑을 열지 않을 작정이라고, 난 얼빠진 얼굴을 한 교사에게 말했다. 아주 단순무식한

사람이었던 그 교사와 그보다 더 무식했던 그의 처는 둘 다 알트뮌스터 노이키르헨 출신이었다. 운송비는 물론 제가 부담합니다! 이처럼 내가 어릴 적부터 잘 알고 지냈던, 그의 단순함 아니 멍청함까지 훤히 알고 있었던 교사에게 말했다. 교사는 내 선물을 덥석 받았지, 난 여관에 들어서면서 생각했다. 나는 단 한순간도 교사의 딸이 소질 있다고 믿어본 적이 없다. 시골 교사의 자식들을 놓고 항상 소질이 있다고, 그것도 특히 음악에 소질이 있다고 모두들 떠들지만 사실 그 아이들은 전혀 소질이 없다. 플루트를 불거나 치터를 뜯거나 피아노를 좀 두들긴다 해서 소질이 입증되는 건 아니다. 전혀 자격이 없는 이들이라는 사실을 잘 알고 있었기 때문에 내 피아노를 교사 집으로 보냈다. 교사의 딸은 내 악기를, 그것도 최고에 속하고 제일 귀중하며 사람들이 탐내고, 따라서 제일 비싼 축에 속하는 내 악기를 최단기간에 고물로 만들어놓았다. 하지만 내가 아끼고 사랑했던 스타인웨이가 망가지는 것이야말로 내가 바랐던 바이다. 베르트하이머는 본인이 늘 말했던 대로 정신과학에 입문했고 나는 퇴화 과정에 진입했으며 그 퇴화 과정은 악기를 교사의 집으로 보냄으로써 가장 완벽하게 시작된 셈이다. 그래도 베르트하이머는 피아노 대가가 되겠다는 희망을 버리지 못해 내가 스타인웨이를 주고 난 뒤로도 피아노를 몇 년 더 연주했다. 그는 무대에 서는 대부분의 피아노 대가들보다 천 배는 더 잘 쳤지만, 유럽의 대가 대열에 끼는 것으로는 만족하지 못했기 때문에 피아노를 집어치우고 정신과학에 입문했다. 연주는 베르트하이머보다 내가 더 잘했던 것 같다. 그래도 결코 글렌처럼은 할 수 없다는 걸 알았기 때문에 (베르트하이머와 똑같은 이유로!) 단번에 피아노 연주를 그만두

었다. 피아노 연주를 계속한다는 건 글렌보다 더 잘해야 된다는 걸 의미했는데 그건 애초에 불가능한 일이었기 때문에 난 피아노를 포기했다. 정확한 날짜는 기억나지 않지만 4월 어느 날 아침 눈을 떴을 때, 난 스스로에게 말했다, 피아노는 이제 그만. 그러고는 더 이상 악기에 손을 대지 않았다. 나는 곧장 교사한테 가서 피아노를 그의 집으로 보내겠다고 통보했다. 교사의 집에 가면서 나는 이제부터 철학적인 것에 전념하겠노라고 다짐했지만 그 철학적인 것이 과연 무엇인지는 전혀 몰랐다. 난 절대로 피아노 대가가 아니야, 이렇게 스스로에게 말했다, 난 음악 해석가도 복제 음악가도 아니야. 요만큼도 예술가가 아니야. 나의 이런 타락한 생각이 마음에 쏙 들었다. 교사의 집으로 가는 길에 나는 계속해서 속으로 세 마디를 중얼거렸다. 요만큼도 예술가가 아니야! 요만큼도 예술가가 아니야! 요만큼도 예술가가 아니야! 글렌 굴드를 만나지만 않았어도, 누가 알아, 나도 피아노 연주를 그만두지 않고 피아노 대가, 세계 최고의 대가가 됐을지도 몰라, 하고 여관에서 생각했다. 1인자를 만나게 되면 포기해야 돼, 난 생각했다. 글렌을 알게된 건 이상하게도 묀히스베르크, 그러니까 내가 어렸을 때부터 오르곤 했던 산에서였다. 그전에 모차르테움에서도 그를 본 적은 있었지만 묀히스베르크에서 마주치기 전까지는 말을 걸어본 적이 없었다. 자살하기 딱 좋은 묀히스베르크는 일주일에 최소 서너 명이 몸을 던지기 때문에 자살의 산이라고 불린다. 자살자들은 암벽 속에 설치된 승강기를 타고 올라가서는 눈 아래 펼쳐진 도심 속으로 몸을 던진다. 길바닥에 부딪혀 터진 시체들에서 눈을 뗄 수가 없었던 나도 직접 몸을 던질 작정으로 (베르트하이머도 그랬지만!) 걷거나 승강기를 타고

묀히스베르크를 오르곤 했다. 하지만 우리 둘 다 몸을 던지지는 않았다. (베르트하이머처럼!) 나도 여러 번 뛰어내릴 자세를 취했다가 베르트하이머와 마찬가지로 다시 발길을 돌리곤 했다. 물론 뛰어내린 사람들보다 다시 발길을 돌린 사람들이 더 많을 거야, 난 생각했다. 묀히스베르크에서 글렌을 만난 지점은 리히터 언덕이라고 불리는, 국경 저편의 독일이 가장 잘 보이는 곳이다. 우리 호로비츠 수업을 같이 듣고 있지, 그때 이렇게 글렌한테 말을 걸었다. 맞아, 하고 그가 대답했다. 함께 독일의 평야를 내려다보는데, 글렌이 곧장 〈푸가의 기법〉에 대해 논하기 시작했다. 머리가 비상한 학구파를 만났다고 난 생각했다. 글렌은 자신이 록펠러 재단의 장학생이라고 말했다. 더군다나 부친은 부자라고 했다. 모피 사업을 해서, 라고 그가 말했다. 글렌은 오스트리아가 고향인 우리 학생들보다 독일어를 훨씬 잘했다. 잘츠부르크가 4킬로미터 떨어진 독일에 있지 않고 여기에 있어서 다행이야, 잘츠부르크가 독일에 있었더라면 난 거기 안 갔을 거야, 라고 그가 말했다. 첫눈에 맺어진 정신적 우정이었다. 피아노 연주자들은 음악에 무식해, 제일 유명하다는 사람들조차도 말이야, 라고 그가 말했다. 그건 다른 모든 예술 분야도 마찬가지야, 하고 내가 대답했다. 그게 미술이든 문학이든 말이야, 철학자들조차 철학적 인식이 없어, 자기 분야에 식견을 갖춘 예술가는 찾아보기 힘들다니까, 예술관도 아마추어적인 데다 평생 아마추어 수준을 못 벗어나지, 세계적으로 가장 명성이 높다는 사람들조차도 말이야, 라고 나는 말했다. 만나자마자 우리는 서로 통했다. 같은 예술관을 공유했지만 서로 정반대였던 성격에 끌렸던 게 아닌가 싶다. 베르트하이머는 며칠이 지나고 나서야 우리

와 합류했다. 처음 보름 동안 구시가지에서, 사람이 지낼 곳이 못 되는 방에 따로 묵고 있었던 글렌과 베르트하이머와 나는 호로비츠 수업을 듣는 기간 동안 레오폴츠크론 지역에 마음 놓고 연습할 수 있는 집을 구했다. 구시가지에 있을 때는 모든 게 우리를 마비시키는 것 같았다. 숨통을 틀어막는 공기에다 성미가 고약한 사람들 그리고 벽 속까지 스며든 습기 때문에 우리뿐만 아니라 악기까지 고생했다. 사실 우리가 호로비츠 수업에 끝까지 다닐 수 있었던 것은 잘츠부르크를 벗어났기 때문이다. 예술과 정신을 가장 적대시하는 도시를 떠올리라고 한다면 두말할 것도 없이 잘츠부르크인데, 그곳은 무식한 인간들 그리고 모든 것을 권태 속으로 빨아들이는 차가운 건물들만 가득한 시골구석이다. 우리가 죽지 않고 살아남을 수 있었던 건 얼마 안 되는 짐을 꾸려, 푸른 들에서 소가 풀을 뜯고 수백만 마리 새에게 고향이 돼주었던 레오폴츠크론으로 이사를 갔기 때문이다. 이제는 구석구석까지 새로 칠을 하는 바람에 28년 전보다 오히려 더 추잡해진 잘츠부르크라는 도시는 예나 지금이나 인간의 내면과 관계된 것이라면 무조건 배척하고 파멸시킨다. 우리는 그걸 깨닫고 레오폴츠크론으로 이사를 갔던 것이다. 잘츠부르크 주민들은 그 지방 기후를 닮아 늘 고약했으며 요즘도 잘츠부르크에 가면 고약한 정도가 상상 이상임을 확인하곤 한다. 하지만 정신과 예술을 배척하는 도시에서 호로비츠 수업을 듣는다는 건 확실히 장점이 있었다. 우리를 배척하는 환경에서 공부하면 호의적인 환경에서보다 공부가 더 잘되므로, 학생이라면 자기에게 호의적인 도시보다는 배척하는 도시를 선택하는 게 현명하다. 학생에게 호의적인 곳은 공부에 필요한 집중력을 빼앗는 반면, 학생을

배척하는 곳에서는 절망하지 않으려면 공부에 집중하는 수밖에 없기 때문에 학습 능률이 향상된다. 따라서 잘츠부르크처럼 아름답다는 소리를 듣지만 사실은 정신과 예술을 배척하는 도시들은 어떻게 보면 공부하기엔 그만인 곳이다. 하지만 그건 어디까지나 성격이 강인한 사람들에게나 해당되는 말이지 나약한 사람들은 단기간에 무너지기 마련이다. 글렌은 사흘 동안 잘츠부르크의 마력에 빠져 있다가, 이 마력은 사실 부패한 마력이고 이 도시의 아름다움은 실상 고약하며 이런 아름다움 속에 사는 사람들이 비열하다는 걸 알아차렸다고 했다. 난 알프스 산기슭의 기후 때문에 사람들이 정서불안 증세를 보일 뿐만 아니라 일찍이 권태에 빠져 시간이 흐를수록 못되게 변한다고 글렌에게 일러줬다. 잘츠부르크에 사는 사람들 중에 솔직한 사람이라면 그 사실을 알고 있으며, 이곳에 와서 곧 그 사실을 알아차리는 이들은 이 권태로운 주민들, 자기와 다른 건 무조건 권태 속으로 빨아들이는 정서적으로 불안정한 잘츠부르크 주민들처럼 되지 않으려면 너무 늦기 전에 떠나야 한다. 글렌은 처음에 왔을 때만 해도 여기서 자란다면 얼마나 좋았을까 생각했다가 2,3일 만에, 이곳에서 태어나 성인이 된다는 건 악몽이겠구나 싶었단다. 이곳의 기후와 건물은 감수성을 죽여버리지, 하고 글렌이 말했다. 나도 그 말에 전적으로 동감했다. 레오폴츠크론에서는 잘츠부르크의 몰(沒)정신이 우리를 더 이상 위협할 수가 없었던 거야, 라고 난 여관에 들어서면서 생각했다. 사실상 피아노 연주의 가장 중요한 본질을 일깨워준 사람은 호로비츠뿐만이 아니라 호로비츠 밑에서 동문수학하며 함께 지냈던 글렌 굴드였다는 생각이 들었다. 음악 자체, 음악이라는 개념 자체의 가능성을 제시해

준 건 바로 이 두 사람이었다. 호로비츠한테 가기 직전에 배웠던 뷔러 교수는 학생들이 보통 수준을 넘지 못하도록 막는 타입이었고 그전의 선생들은 더 심했다. 전부 정평이 난 선생들로 불렸던 이들은 언제나 저명한 도시의 무대에 서고 유명한 아카데미에서 고임금 교수직을 차지하고 있지만 음악의 개념에 대해서만큼은 너무도 무식한, 그저 피아노나 두들기면서 학생을 망치는 자들이라는 생각이 들었다. 여기저기서 연주를 하거나 학교에서 자리를 차지하고 있는 이 음악 교수들은 마치 젊은 음악 학도들의 재능을 송두리째 말려버리는 일이 자기네들의 사명이라도 되는 양 수천 수십만 음악 학도를 망쳐놓는다. 요즘 음악 대학을 자칭하는 우리 음악 아카데미들만큼 무책임한 곳도 또 없을 것이다. 음악 교수 2만 명 가운데 이상적인 교수는 딱 한 사람이다. 호로비츠가 바로 그런 교수였지, 하고 난 생각했다. 가르치고 싶어 했다면 글렌도 학생들이 꿈꾸는 이상적인 교수가 됐을 거다. 호로비츠가 그랬던 것처럼 글렌에게도 예술 교육에 중요한 이상적인 감성과 이성이 있었기 때문이다. 해마다 수만 명씩 음악 대학의 권태 속으로 걸어 들어가는 음대생들은 자격 없는 교수들 때문에 신세를 망치지, 난 생각했다. 더러 유명해지는 사람들도 있긴 하지만 그 사람들은 깨닫지 못한 사람들이야, 라고 여관에 들어서면서 생각했다. 굴다나 브렌델 같은 인물이 된다 해도 실은 아무것도 아닌 거지. 베르트하이머도 글렌을 만나지 않았더라면 틀림없이 최고의 피아노 대가가 되었을 거야, 난 생각했다. 그랬다면 내가 철학적인 것을 악용했던 것처럼 그가 정신과학을 악용하지 않아도 됐을 것이다. 내가 몇십 년 전부터 철학 혹은 철학적인 것을 악용했던 것처럼 베르트하이머 역시 최후의

순간까지 정신과학을 악용하지 않았던가. 글렌을 만나지 않았더라면 베르트하이머는 셀 수 없을 만큼 많은 쪽지를 가득 채우지 않았을 것이며 나 역시 그 많은 원고지를 메우지 않아도 됐을 테지, 그건 정신적 범죄였어, 라고 여관에 들어서면서 생각했다. 우리는 피아노 대가가 되겠다고 등장했다가 정신과학과 철학 분야를 뒤지고 파헤치는 자들이 되어 황폐해진 것이다. 극단까지 가지도, 극단을 넘어보지도 못한 채 우리 분야의 천재 하나 때문에 포기하는 바람에 그렇게 됐지, 난 생각했다. 하지만 솔직히 나는 피아노 대가가 되기를 바란 적도 없기 때문에 어차피 피아노 대가는 되지 않았을 것이다. 피아노 대가들은 항상 내 의구심을 샀고 나는 피아노 대가의 경지를 내 퇴화 과정에 이용했을 따름이다, 그렇다, 피아노 연주자들은 내 눈에는 항상 우스꽝스러웠다. 빼어난 자신의 연주 실력에 홀려서 피아노를 전공했던 나는 15년간 혹사를 당하던 중에 피아노를 가차 없이 집어치웠다. 나는 감상적인 일로 내 인생을 희생할 타입이 아니다. 나는 한바탕 폭소를 터뜨리고는 사람들을 시켜 피아노를 교사의 집으로 보냈으며 그 후로도 며칠 동안 피아노를 가져갔을 때 내가 터뜨렸던 폭소를 생각하면 재미있었다. 정말이지, 피아노 대가의 길을 순식간에 때려치운 나 자신을 조롱했던 것이다. 피아노 대가의 길을 이렇게 단번에 때려치운 건 내 퇴화 과정에 꼭 필요했는지도 모른다고 여관에 들어서면서 생각했다. 우리는 이것저것 다 해보다가 중단하기를 반복하고 수십 년의 세월을 순식간에 쓰레기 더미에 내다버린다. 베르트하이머는 나 같은 단호한 결단력이 없고 좀 느린 편이었다. 피아노 대가의 길을 쓰레기 더미에 갖다 버린 것도 나보다 몇 년 뒤였으며, 나와는 달리

자기 결정을 끝내 극복하지 못했다. 피아노를 그만두지 않고 계속할 걸 그랬다고 자꾸 징징거렸으며, 언젠가 한번은 중요한 일, 즉 인생사 문제로 중대한 결정을 내려야 했을 때 항상 내가 본보기였으므로 자기가 피아노를 그만둔 건 나한테도 어느 정도 책임이 있다고 주장하기도 했다. 호로비츠 수업은 나와 베르트하이머에게는 치명적이었지만 글렌의 경우에는 천재성을 발휘할 수 있는 기회였다. 피아노 대가의 길, 아니 음악을 통틀어 봤을 때도 베르트하이머와 나를 죽인 사람은 호로비츠가 아니라 글렌이었어, 난 생각했다. 베르트하이머와 내가 피아노 대가가 될 거라 철석같이 믿고 있었을 때 이미 글렌은 피아노 대가로 가는 우리의 길을 무너뜨리지 않았던가. 호로비츠 수업이 지나고 몇 년간은 우리가 대가가 될 수 있다는 가능성을 믿고 지냈지만 사실 글렌을 만난 순간 이미 그 가능성은 물거품이 되었던 것이다. 누가 알겠는가, 뷔러 선생의 말을 듣고 호로비츠한테 가지 않았더라면 오늘날 피아노 대가가 되어 1년 내내 부에노스아이레스와 빈을 오가는 예술가가 됐을지. 그건 베르트하이머도 마찬가지고. 하지만 하등의 망설임도 없이 나 자신은 그건 단호히 싫다고 생각했다. 처음부터 그놈의 대가의 경지와 이에 수반되는 것들을, 그리고 무엇보다 무대에 서는 걸 증오했고 박수는 아주 질색이었으며 도저히 참을 수 없었기 때문이다. 연주회장에서 탁한 공기에 장시간 노출되는 것을 참을 수 없었던 것인지, 박수를 참을 수 없었던 것인지 아니면 둘 다 참을 수 없었던 것인지 몰랐는데, 어느 순간 **대가의 경지**를, 그중에서도 피아노 대가의 경지를 좇는 분위기를 도저히 참을 수 없다는 걸 깨달았다. 나는 특히 청중이란 사람들이 딱 질색이었고 청중과 관련된 모

든 것, 즉 대가란 인간들까지 미웠던 것이다. 심지어 글렌도 2,3년 동안만 대중 앞에서 연주했지, 그 이상을 못 참고 집에만 있다가 미국에 있는 그의 집에서 가장 위대한 피아노 연주자가 되지 않았던가. 12년 전 우리가 마지막으로 글렌을 만나러 갔을 때는 그가 공연을 그만둔 지 10년이 지난 뒤였다. 글렌은 그사이에 아주 예리한 바보가 돼버렸다. 예술의 절정에 도달해 있던 그가 언제 뇌졸중으로 쓰러지느냐는 시간문제였다. 나와 생각이 비슷했던 베르트하이머도 글렌이 얼마 못 살고 뇌졸중으로 쓰러질 것 같다고 했다. 보름 한나절을 묵었던 글렌의 집은 스튜디오 시설을 갖추고 있었다. 잘츠부르크에서 호로비츠 수업을 들을 때처럼 글렌은 밤낮을 가리지 않고 피아노만 쳤다. 몇 년도 아니고 10년을 말이다. 2년 동안 연주회를 34회나 가졌으면 평생 그걸로 족해, 라고 글렌은 말했다. 베르트하이머와 나는 오후 두시부터 새벽 한시까지 글렌과 브람스를 연주했다. 글렌은 사람들의 방해를 받지 않기 위해 경호원 세 명을 집 앞에 세워두었다. 글렌을 귀찮게 하고 싶지 않아서 애초에 그의 집에 단 하루도 묵을 생각이 없었던 우리는 결국 보름 한나절 동안이나 그곳에 머물게 되었다. 그때 나와 베르트하이머는 피아노 대가의 길을 포기하길 참 잘했다고 느꼈다. 글렌은 베르트하이머를 친애하는 몰락자라는 말로 맞이했다. 북미인답게 냉정했던 그는 베르트하이머를 늘 몰락하는 자라고 불렀고 나한테는 아주 무미건조하게 철학자라고만 했는데, 아무래도 상관없었다. 베르트하이머는 늘 몰락의 와중에 있었는가 하면, 나는 철학자라는 말을 늘 입에 달고 살았기 때문에 글렌의 눈에는 우리가 몰락하는 자와 철학자로 보였을 거야, 난 여관에 들어서면서 생각했다. 몰락하는 자와 철

학자였던 우리는 피아노의 대가 글렌과 재회하기 위해 미국에 갔다. 넉 달 반 동안 뉴욕에서 지내기로 했는데, 대부분의 시간을 글렌과 함께 보내기 위해서였다. 글렌은 우리를 맞이하면서 유럽이 전혀 그립지 않다고 했다. 유럽은 이제 자기와 상관없는 곳이란다. 그래서 자기 집에 틀어박혀 있다는 거였다. 평생 동안 집 안에 콕 틀어박혀 지내기, 그건 우리 세 사람이 평생 바랐던 거다. 우리 셋 다 광적으로 방에 틀어박혀 지내는 타입, 그러나 이런 틀어박혀 지내기 광증을 가장 극단까지 밀고 간 사람은 글렌이었다. 우리는 뉴욕에서 태프트 호텔 바로 옆에 묵었는데 우리 여행의 목적을 만족시키기에는 더할 나위 없이 좋은 위치였다. 글렌은 태프트 호텔 어느 구석방에 스타인웨이를 갖다 놓게 하고는 거기서 매일 8~10시간 정도를 연주했으며 밤에 연습할 때도 많았다. 피아노를 치지 않는 날이 없었다. 베르트하이머와 나는 뉴욕에 첫눈에 반했다. 세상에서 가장 아름다운 도시인 데다 공기가 가장 좋은 곳이라고, 여기 공기보다 더 맑은 공기를 마셔본 적이 없다고 우리는 항상 얘기했다. 우리가 느끼고 있던 걸 글렌도 뒷받침해줬다. 뉴욕은 정신적 인간이 발을 들여놓는 순간부터 숨통이 확 트이는 유일한 도시야. 글렌은 3주마다 우리를 데리고 맨해튼의 숨겨진 골목들을 구경시켜줬다. 모차르테움은 형편없는 학교지만 우리의 눈을 뜨게 해줬다는 점에서는 가장 좋은 학교였어, 여관에 들어서면서 난 생각했다. 대학이란 무조건 나쁜 곳이긴 하지만 우리의 눈을 열어주지 못하는 학교는 가장 나쁜 학교다. 얼마나 형편없는 선생들을 겪어내야 하며 그들은 또 우리 머리를 얼마나 망쳐놓았는가. 그들은 하나같이 예술을 쫓아내는 자들이었고 예술 파괴자이며 정신의 살해자,

대학생들을 파멸시키는 자들이었다. 호로비츠는 예외였고 마르케비치와 베그도 예외였어, 난 생각했다. 하지만 호로비츠 한 사람이 일류 아카데미를 만드는 건 아니다. 예나 지금이나 세계적인 명성을 자랑하는 모차르테움은 사실 아마추어들이 장악하고 있다. 모차르테움 출신입니다, 라고 말하면 사람들의 눈빛이 변한다. 베르트하이머도 글렌처럼 부잣집에서 태어났다. 그냥 잘사는 정도가 아니었다. 나 역시 경제적인 어려움을 모르고 자랐다. 같은 환경, 같은 경제적 여건에서 자란 친구들을 가졌다는 건 언제나 유리하지, 여관에 들어서면서 난 생각했다. 우리는 돈 걱정이라는 걸 모르고 살았기 때문에, 어차피 생각할 건 학업밖에 없었지만, 우리의 발전을 가로막는 자들, 즉 자격지심과 고약한 생각으로 가득 찬 교수들을 제거해야 했다. 모차르테움은 여전히 세계적 명성을 떨치고 있지만 사실은 가장 형편없는 학교야, 난 생각했다. 하지만 모차르테움에 가지 않았더라면 내 평생 친구들이 된 베르트하이머와 글렌을 못 만났을 것 아닌가. 어떻게 음악 할 생각을 했었는지 지금에 와서도 잘 모르겠다. 우리 집안은 음악적 소질이라고는 요만큼도 없고 반(反)예술적이며 예술과 정신을 가장 싫어했던 사람들뿐이다. 하지만 바로 이 사실을 계기로 나는 처음에는 그토록 싫어했던 피아노를 사랑하기 시작했고 대대로 물려받은 에르바르 피아노를 정말로 근사한 스타인웨이로 바꿈으로써 내가 미워하는 가족에게 본때를 보여주고 충격을 안겨주는 길을 걷게 됐다. 예술, 음악, 피아노 연주 때문이 아니라 가족에게 대항하려고 선택한 길이었다. 에르바르 피아노를 치는 것이 우리 집안 사람 모두에게 강요되었듯 부모님도 나한테 에르바르 피아노를 강요했기 때문에 딱 질색이

었다. 에르바르 피아노는 우리 가족의 예술 구심점이었으며 바로 여기서 브람스와 레거의 마지막 작품들까지 연주되었다. 나는 이런 가족의 예술 구심점을 너무나 증오했지만 온갖 협박을 통해 아버지로부터 받아낸, 최악의 상황을 무릅쓰고 파리에서 가져오게 한 스타인웨이만큼은 사랑했다. 그리고 가족에게 본때를 보여주기 위해 모차르테움에 진학했다. 난 그때까지만 해도 음악에 대한 개념이 없었고 피아노 연주에 열정을 쏟아본 적도 없었지만 부모님과 가족에 대항하기 위한 수단으로 음악을 사용했다. 가족에게 대항하기 위해 음악을 써먹고 음악으로 가족을 지배하기 시작했다. 날이 갈수록 점점 더 능숙하게, 해가 갈수록 더욱더 뛰어난 실력으로 가족을 지배했다. 가족의 반대에도 불구하고 모차르테움에 진학했지, 여관에서 난 생각했다. 우리 집의 음악실이라 불리는 방에 있던 에르바르 피아노는 우리 가족의 예술 구심점으로 토요일 오후에 남들 앞에서 과시할 목적으로 사용됐다. 나의 스타인웨이를 왠지 불편하게 생각했던 손님들은 더이상 찾아오지 않았고 스타인웨이는 에르바르 시대의 종말을 가져왔다. 내가 스타인웨이를 치기 시작하면서 부모님의 집에서 예술의 구심점이 사라졌다. 스타인웨이는 가족에 대항하는 내 무기였지, 여관을 둘러보면서 난 생각했다. 내가 모차르테움에 진학한 이유는 가족에게 복수하겠다는 일념 때문이었고, 부모님이 나에게 저지른 일들을 처벌하기 위해서였다. 결국 부모님은 바로 자신들이 경멸하는 부류, 즉 예술가를 아들로 두게 됐다. 부모님에게 복수하기 위해 모차르테움을 이용했고, 복수를 위해 모차르테움이 가진 모든 것을 활용했다. 부모님은 내가 우리 집안의 벽돌 공장 사업을 이어받아, 대대로 물려

받은 에르바르나 치면서 살았으면 하고 바라셨겠지만 난 일부러 부모님과 나 사이에 선을 긋기 위해 스타인웨이를 음악실에 세워 놓았다. 정말로 엄청난 비용을 들여 스타인웨이를 파리에서 우리 집까지 가져오게 했던 것이다. 처음에는 스타인웨이를 갖겠다고 고집을 피웠고 그다음에는 스타인웨이에 내 수준을 맞춰야 하므로 모차르테움에 진학하겠다고 했다. 당시 나는 그 어떤 반대도 용납하지 않았다. 하룻밤 사이에 예술가가 되기로 결심했던 나는 내 뜻을 밀어붙였다. 나는 여관을 둘러보면서, 그때 부모님에게 생각할 겨를도 주지 않고 내 뜻을 밀어붙였지, 하고 생각했다. 스타인웨이는 부모님과 부모님의 세계, 권태로운 가문과 권태로운 세계에 맞설 수 있는 나만의 요새였다. 난 글렌처럼―또 장담할 순 없지만 베르트하이머처럼―피아노 대가가 되기 위해 태어나진 않았지만, 피아노 대가가 돼야 한다고 스스로에게 채찍질을 해댔고 나는 대가라고 주문을 외웠으며 연주를 통해 그렇게 생각하게 만들었고 부모님에게 최대한 파렴치하게 굴었다. 스타인웨이가 생기자 갑자기 부모님에게 맞설 수 있었다. 부모님 때문에 절망했기 때문에 예술가가 되는 건 아주 당연한 일이었고, 예술가, 그것도 세계적으로 명성을 떨치는 피아노 대가가 되는 게 좋겠다고 생각했던 건데, 그건 다름 아닌 우리 집 음악실에 놓여 있던 에르바르 피아노를 보고 떠오른 생각이었고 그런 생각을 부모님에게 대항할 가장 완벽한 무기로 발전시켰다. 사실 글렌이나 베르트하이머의 경우도 나와 크게 다를 바 없었다. 베르트하이머도 오로지 부친에게 한방 먹일 작정으로 음악을 전공했지, 여관에서 난 생각했다. 내가 피아노를 전공한다는 건 아버지에겐 파국이나 다름없어, 하고 베르트하이머가

말한 적이 있다. 글렌은 더 극단적인 표현을 썼다. 부모님은 나와 내 피아노를 증오하셔. 바흐라면 구역질을 하시지. 글렌은 세계적인 명성을 얻고 나서도 부모님의 용서를 받지 못했다. 그렇지만 끝까지 일관된 태도를 보임으로써 죽기 2, 3년 전이긴 해도 부모님에게 자신의 천재성을 확인시킬 수 있었던 반면, 베르트하이머와 나는 그토록 갈구했던 대가의 경지를 얻는 데 실패하고 그것도 아주 초기 단계에, 아버지가 자주 사용했던 표현을 빌리자면 가장 부끄러운 방식으로 실패함으로써 부모님 말을 증명해 보인 셈이 됐다. 피아노 대가가 되는 데 실패했다는 사실이 나에게는 별로 큰 짐이 되지 않았지만, 베르트하이머는 피아노를 접고 정신과학에 투신했다는 사실 때문에 늘 괴로워했다. 베르트하이머가 정신과학이 뭔지 몰랐던 것처럼 나도 오늘날까지 철학적인 것이 뭔지, 철학이 도대체 뭔지를 알지 못한다. 글렌은 승자, 베르트하이머와 나는 패자, 난 그렇게 생각했다. 글렌은 인생에 두 번 다시 찾아오지 않는 적시(適時)에 자기 인생을 마쳤어, 난 생각했다. 그리고 목매달아 죽는 방법밖에 몰랐던 베르트하이머처럼 자살할 필요도 없었다. 글렌의 죽음을 오래전부터 예견할 수 있었던 것과 마찬가지로 베르트하이머의 죽음 역시 오래전부터 예견할 수 있었어, 난 생각했다. 글렌은 〈골트베르크 변주곡〉을 연주하다가 쓰러졌다고 한다. 베르트하이머는 글렌의 죽음을 감당하지 못했다. 자기가 아직 살아 있다는 것, 천재보다 더 오래 살게 됐다는 것을 지난 한 해 동안 얼마나 비통스러워했는지 난 안다. 글렌이 죽었다는 소식을 신문에서 읽고 이틀 뒤에 글렌의 아버지가 아들의 사망 소식을 알리는 전보를 보내왔다. 피아노 앞에 앉기만 하면 웅크리던 글렌의 모습은 꼭 짐승

같았지, 난 생각했다. 그리고 좀 더 자세히 보면 꼽추 같았고, 그보다 더 자세히 보면 실제 모습대로 예리하고 아름다운 인간으로 보였다. 외할머니한테 독일어를 배웠다는 글렌은 이미 말한 대로 독일어를 유창하게 구사했다. 글렌의 발음을 듣고 있으면, 같이 학교에 다니던 우리 독일, 오스트리아 학생들처럼 모국어에 무감각하고 완전히 황폐한 독일어를 구사하는 사람들이 수치스럽게 여겨진다. 예술가라는 사람이 어떻게 모국어에 무감각할 수 있느냐고 글렌은 곧잘 물었다. 글렌은 같은 바지는 아니지만 똑같이 생긴 바지만 사시사철 입고 다녔고 걸음걸이는 가벼웠다. 우리 아버지가 그를 보았다면 위풍당당해 보인다고 표현했을 것이다. 글렌은 대충대충 하는 건 더없이 싫어했으며 명확한 정의를 내리길 즐겼다. 글렌은 자기 훈련이라는 단어를 입에 달고 살았으며 내가 기억하는 바로는 호로비츠 수업에서도 썼다. 자정이 되기 직전에 길거리로 뛰쳐나가는 그의 모습을 레오폴츠크론에 같이 살 때부터 자주 목격하곤 했다. 우리는 맑은 공기를 계속 공급받아야 해, 안 그러면 발전할 수가 없어, 최상의 것을 이루겠다는 우리 목표가 무산된다고, 글렌은 말했다. 글렌만큼 자기 자신을 배려할 줄 모르는 사람도 없었다. 부정확한 것은 스스로 용납하지 않았다. 그는 끝까지 생각한 다음에 말했다. 글렌은 오래 생각해보지도 않고 지껄이는 사람들을 혐오했는데 그건 온 인류를 혐오했다는 뜻이기도 하다. 그가 이토록 혐오한 인류에게 등을 돌린 지도 어느새 20년이 가까워온다. 글렌은 세계적으로 유명한 피아노 대가들 중에서 청중을 혐오하고 청중에게 등을 돌린 유일한 사람이다. 글렌에게 그따위는 필요 없었다. 글렌은 숲 속에 있는 집을 사서 그곳에 정착한 뒤 완벽성

을 키워나갔다. 미국에 있는 그 집에서 그는 죽을 때까지 바흐와 함께 살았다. 글렌은 지나칠 정도로 질서정연한 사람이었다. 그의 집은 모든 것이 질서 그 자체였다. 베르트하이머와 글렌의 집에 발을 들여놓았을 때, 내게는 글렌이 가지고 있던 자기 훈련에 대한 개념만 떠올랐다. 집에 들어가서도 글렌은 마실 것도 권하지 않고 스타인웨이 앞에 앉아 예전에 캐나다로 돌아가기 전날 레오폴츠크론에서 연주해줬던 〈골트베르크 변주곡〉 일부를 연주했다. 그의 연주는 당시처럼 완벽했다. 글렌의 연주를 듣는 순간 나는 이렇게 연주할 줄 아는 사람은 이 지구 상에 글렌뿐이라는 걸 깨달았다. 글렌은 웅크린 자세로 피아노를 치기 시작했다. 다른 사람들처럼 위에서 아래로 치지 않고, 아래에서 위로 쳤다. 이것이 글렌의 비기(祕技)였다. 미국에 있는 글렌을 방문하기 전까지 그것이 과연 옳은 일인가 몇 년씩 고민했다. 고민하면서 얼마나 비참했던가. 처음에는 같이 가기 싫다는 베르트하이머를 설득해야 했다. 베르트하이머의 여동생은 자기 오빠가 세계적으로 명성이 높은, 그래서 자기 오빠에게 해롭다고 여겼던 글렌 굴드를 찾아가는 것을 반대했다. 하지만 여동생의 반대에도 불구하고 베르트하이머는 결국 글렌을 보러 나와 함께 미국 여행길에 올랐다. 나는 이번이 글렌을 볼 수 있는 마지막 기회라고 스스로에게 끊임없이 상기시키곤 했다. 정말이지 그가 죽을 날이 얼마 안 남았다고 믿었기에 글렌을 한 번 더 만나 그의 연주를 듣고 싶었지, 낯익은 탁한 여관 공기를 마시면서 난 생각했다. 난 방크함을 잘 안다. 베르트하이머를 보러 방크함에 올 때마다 이 여관에 묵었다. 누가 자고 가는 것을 극도로 싫어했던 베르트하이머의 집에서는 잘 수 없었기 때문이다. 여주인이 있나

둘러봤지만 인기척이 없었다. 베르트하이머는 자기 집에서 자고 가려는 사람들을 증오했다. 베르트하이머는 어떤 손님이든 인사를 나누기가 무섭게 다시 내보내는 식이었다. 친한 나에게까지 그러지는 않았지만, 몇 시간이 지나면 자기 집에서 자고 가기보다는 다시 사라져주기를 바랐다. 그 친구 집에서 잔 적도 없고 또 그럴 생각도 없었지, 하고 난 여주인이 어디 없나 둘러보면서 생각했다. 글렌도 나와 베르트하이머처럼 대도시 사람이었는데, 우리는 대도시적인 것은 뭐든 사랑했지만 시골은 싫어했다. 하지만 시골을 (그리고 어쩌면 나름대로 대도시도) 이용해먹을 수 있는 데까지 이용해먹었다. 베르트하이머와 글렌은 결국 병든 폐 때문에 시골로 내려갔는데 그것은 글렌보다는 베르트하이머에게 더 힘든 결정이었다. 글렌은 인간을 더는 견딜 수 없었기 때문에 내려갔던 것이고 베르트하이머는 도시에서 기침이 낫지 않을뿐더러 내과의사가 그는 대도시에서 오래 살 수 없다고 했기 때문이다. 베르트하이머는 20년도 넘게 콜마르크트 지역에 있는, 빈에서 제일가는 크고 고급스러운 여동생 아파트에 안식처를 구했다. 그런데 여동생이 스위스의 어느 대사업가와 결혼하여 남편을 따라 쿠어 근처에 있는 치처스로 가버렸다. 하필 스위스로, 그것도 하필 화학기업을 소유한 놈이랑 말이야, 라고 베르트하이머가 내게 말했다. 해괴망측한 결혼이야, 동생이 나를 떠나버렸어, 라고 베르트하이머는 탄식을 거듭했다. 텅 빈 집에 혼자 남게 된 베르트하이머는 마비된 사람 같았다. 여동생이 떠난 뒤 며칠 내내 꼼짝도 않고 안락의자에 앉아 있는가 싶더니 갑자기 미친 사람처럼 이 방 저 방 뛰어다니다가 결국 트라히에 있는 부친의 사냥 별장으로 갔다. 내가 알기로는 부모님이

돌아가신 후로 안 그래도 20년이나 같이 살면서 여동생을 못살게 굴었던 친구인데, 내내 동생이 남자를 못 만나게 하고 아무도 그녀에게 접근하지 못하도록 여동생에게 족쇄까지 채워 자기 곁을 떠나지 못하게 했다. 하지만 베르트하이머의 여동생은 탈출에 성공하여 함께 물려받은 낡은 가구들 속에 오빠를 혼자 두고 떠났다. 어떻게 나한테 이럴 수가 있어? 베르트하이머가 이렇게 묻던 것이 생각났다. 동생한테 모든 걸 다 해줬는데, 걔를 위해 나를 바쳤는데 이렇게 떠나버리다니, 그 벼락부자 놈, 본성 고약한 그 인간을 쫓아 스위스로 가버리다니, 라던 베르트하이머의 말이 여관에서 떠올랐다. 그것도 하필 쿠어처럼 천주교 냄새가 진동하는 소름 끼치는 동네로 말이야, 치처스라니, 지명부터 얼마나 끔찍해! 이렇게 외치며 나에게 치처스에 가본 적이 있느냐고 물었는데, 장크트모리츠에 가는 길에 여러 번 치처스를 거쳐 갔던 게 생각났다. 권태, 수도원, 화학기업밖에 없는 곳이라구, 라고 베르트하이머는 말했다. 그 친구는 자기가 피아노를 그만둔 게 여동생을 위해서였다는 억지 주장까지 여러 번 폈다. 동생 때문에 그만둔 거야, 동생을 위해 출셋길을 포기했어, 나한테 가장 중요했던 걸 희생했다구, 라고 그 친구는 말했다. 그런 거짓말로 자신의 절망에서 빠져나오기를 바랐던 거야, 난 생각했다. 콜마르크트에 있는 아파트는 세 층에 걸친 공간으로 온갖 예술품들로 꽉 차 있어서 베르트하이머를 보러 그 집에 갈 때마다 답답했다. 베르트하이머는 자기도 그 예술품들이 딱 질색이라고 주장했으며, 전부 여동생이 사들인 것으로 자기 취향이 아닐뿐더러 혐오스럽기까지 하며, 권력욕이 지나친 어떤 스위스 놈 때문에 여동생에게 버림받아서 자기만 불행하게 됐다고 동생한테

잘못을 뒤집어씌웠다. 베르트하이머는 콜마르크트의 아파트에서 여동생과 함께 늙어갈 생각이었다고 언젠가 나한테 진심으로 말한 적이 있다. 동생을 데리고 여기서, 이 방 안에서 늙어갈 거야, 라고 나한테 말한 적이 있다. 하지만 그의 계획과는 달리 베르트하이머의 여동생은 오빠의 손아귀에서 벗어났던 거지, 너무 늦기 전에 오빠에게 등을 돌렸던 거야, 난 생각했다. 베르트하이머는 동생이 결혼하고 몇 달이 지나고 나서야 다시 외출을 시작했으며, 앉은뱅이에서 다시 걷는 자가 되었다. 컨디션이 아주 좋을 때에는 콜마르크트에서 20구까지 걸어가 거기서 21구로 그리고 레오폴트슈타트를 가로질러 다시 1구로 가서 힘이 빠질 때까지 몇 시간씩 걸어 다녔다. 시골에만 가면 그는 마비된 사람 같았다. 시골에서는 집 근처에 있는 숲에도 안 갔다. 시골은 따분해, 라고 그는 늘 말했다. 글렌 말이 맞아, 난 정말 아스팔트만 밟는 사람이야, 난 아스팔트 길만 밟지 시골에서는 안 걸어, 시골처럼 따분한 데서 걷느니 차라리 오두막집 안에 앉아 있겠어, 라고 베르트하이머는 말했다. 그가 오두막집이라고 부른 집은 부모로부터 물려받은, 방이 열네 개짜리인 사냥 별장을 가리켰다. 사실 베르트하이머는 사냥 별장에 있을 때 50~60킬로미터 거리를 걸을 작정인 양 새벽부터 옷을 챙겨 입었는데 발목이 높은 가죽 등산화, 두툼한 로덴 외투 그리고 머리에는 펠트 모자를 썼다. 하지만 집 앞에 나가서는 오늘은 외출할 기분이 아니라는 것만 확인한 후 다시 신발과 옷을 벗고는 1층 방 벽을 마주 보고 앉아 벽만 응시했다. 내과의사가 그러는데 난 도시에서는 오래 못 산대, 라고 그는 말했다. 하지만 난 시골에서는 더더욱 못 살아, 시골이 싫어, 그렇지만 자책할 일이 없으려면 그냥 의사의 말을 따라야

겠다는 생각도 들어, 하지만 시골에서 외출한다는 건, 시골 땅을 밟는다는 건 아무래도 불가능해, 그건 정말로 미친 짓이야, 그런 미친 짓은 못 해, 그런 정신 나간 짓은 못 하겠어, 매일 옷 입고 집 앞까지 나갔다가 다시 들어오는 일만 반복하고 있어, 라고 그 친구는 말했다. 계절과 상관없이 그 짓을 하고 있다니까, 그런 미친 짓을 아무한테도 들키지 않아서 그나마 다행이야, 라던 그의 말이 떠올랐다. 글렌도 그랬지만 베르트하이머는 누가 자기 곁에 있는 걸 못 참는 성격이었다. 그래서 갈수록 괴팍해졌다. 하지만 여관에 서 있는 나도 시골에서는 못 살 거라는 생각이 들었다. 내가 마드리드에 사는 이유도 그 때문이고 마드리드처럼 이 세상의 모든 것을 누리고 살 수 있는 근사한 도시를 떠날 생각은 추호도 없다. 사람은 시골에 살면 자기도 모르게 점점 무식해지는데, 한동안은 자기가 개성 있고 건강하게 산다고 믿을 테지만 시골 생활이란 전혀 개성이 없을뿐더러, 시골에서 태어나고 또 시골을 위해 태어난 사람이 아닌 이상 진부하고 도리어 건강을 해칠 뿐이다. 시골로 내려가는 사람들은 시골 생활에 지루해서 죽으며, 기괴한 삶을 살다가 처음에는 무식해지고 그러다 우스꽝스러운 죽음을 맞이한다. 대도시 사람에게, 죽지 않고 살고 싶다면 시골로 내려가라고 권하는 것도 알고 보면 다 내과의사다운 심술이라는 생각이 들었다. 시골로 내려가 더 잘 살겠다고, 더 오래 살겠다고 하는 대도시 사람들은 예외 없이 끔찍하잖아, 난 생각했다. 하지만 따지고 보면 베르트하이머는 내과의사 때문에 피해를 입었던 것만은 아니다. 동생이 오로지 자기를 위해 존재한다고 확신했기 때문에 피해를 본 것이다. 실제로 베르트하이머는 동생은 자기를 위해 태어났다고, 자기 곁에

있기 위해, 자기를 보살피기 위해 태어났다고 곧잘 말하곤 했다. 나를 제일 실망시킨 사람은 여동생이야, 라고 베르트하이머가 외쳤던 것이 생각났다. 그 친구는 치명적일 정도로 자기 동생한테 익숙해져 있었던 거야, 난 생각했다. 여동생이 자기를 떠나던 날 베르트하이머는 여동생을 영원히 증오하겠노라고 맹세하고 콜마르크트 집의 모든 커튼을 다시는 걷어 젖히지 않겠다고 다짐했다. 보름 정도는 버티는가 싶더니 보름이 되던 날 콜마르크트 집의 커튼을 다시 열고, 음식과 사람들에 굶주려 있던 그 친구는 미친 사람처럼 길거리로 뛰쳐나갔다. 하지만 내가 알기로 우리의 몰락하는 자는 얼마 못 가 그라벤 거리에서 쓰러지고 말았다. 베르트하이머가 곧장 집에 갈 수 있었던 것도 그때 마침 그곳을 지나가던 한 친척 덕분이었다. 안 그랬더라면 정신 나간 사람처럼 보였던 베르트하이머는 아마 슈타인호프에 있는 정신병원에 실려 갔을 것이다. 우리 세 사람 가운데 가장 까다로웠던 사람은 글렌이 아니라 베르트하이머였다. 글렌은 강했고 베르트하이머는 제일 허약했다. 사람들은 예나 지금이나 글렌이야말로 미치광이였다고 주장하지만 그건 사실이 아니며 미치광이는 베르트하이머였다고 난 주장한다. 베르트하이머는 자기 여동생에게 20년 동안이나 족쇄를 채웠는데, 수천 수십만 개의 족쇄를 채웠다. 듣자 하니 그럼에도 불구하고 그의 여동생은 오빠로부터 탈출하여 아주 좋은 남편감을 만났다. 부자로 태어난 여동생은 스위스의 갑부와 결혼했다. 여동생이나 쿠어라는 말은 이제 듣기만 해도 진절머리가 난다고 우리가 마지막으로 만났을 때 베르트하이머는 말했다. 나한테 카드 한 장도 안 보냈어, 라던 그의 말이 여관에서 떠올랐다. 모든 것을 집에 그대로 두고 몰래

떠났다는 거다. 나를 떠나지 않겠다고, 떠날 일은 절대 없을 거라고 약속해놓고 말이야, 라던 그 친구의 말이 떠올랐다. 게다가 여동생은 개종했어, 라고 베르트하이머는 말했다. 천주교에 푹 빠졌지, 구제불능인 천주교도가 됐어, 라고 그는 말했다. 하지만 신앙심에 푹 빠진 사람들, 천주교에 푹 빠진 사람들, 개종한 사람들은 원래 그렇더라, 무서운 게 하나도 없다니까, 가장 무서운 범행도 마다하지 않는다고, 그런 사람들은 친오라비를 버리고, 파렴치한 방법으로 우연히 떼돈을 번 수상쩍은 놈의 품에 안기기 마련이지, 라고 베르트하이머는 지난번 내가 그를 방문했을 때 말했다. 그가 내 눈앞에 또렷하게 보였다. 그 친구한테 항상 어울리던 스타카토식 문장으로 말하던 것도 또렷하게 들렸다. 글렌은 언젠가 우리의 몰락하는 자는 맹목적이야, 라고 말했던 적이 있다. 그칠 줄 모르는 자기연민 때문에 죽어가고 있잖아. 그렇게 말하던 글렌의 모습과 말투가 아직도 선하다. 뢴히스베르크의 리히터 언덕에서 그런 말을 했는데, 베르트하이머가 곧잘 토라져서 혼자 있고 싶어할 때 글렌과 나 둘이서만 자주 찾아간 곳이다. 난 베르트하이머를 늘 **토라진 놈**이라고 불렀다. 여동생이 집을 떠난 뒤로 베르트하이머는 더 자주 트라히에 가서 틀어박혀 있었는데, 트라히가 싫어서 트라히로 가는 거라고 그는 말했다. 당시에 비어 있던 콜마르크트 집에는 아무도 못 들어가게 했기 때문에 집에는 먼지가 쌓였다. 트라히에 가서는 몇 날 며칠 집에만 틀어박혀 지내면서 벌목꾼에게 우유 한 주전자와 버터와 빵 그리고 훈제 돼지갈비 한 토막을 갖다 달라고 했다. 그리고 쇼펜하우어, 칸트, 스피노자 등의 철학서를 읽었다. 트라히에 있을 때도 주로 커튼을 쳐놓고 지냈다. 한번은 뵈젠도르프 피아

노를 다시 살까 하다가 미친 짓인 것 같아 관뒀어, 라고 그가 말했다. 15년 동안 피아노에 손 한 번 댄 적 없거든, 하고 말했던 그 친구를 떠올리며 나는 사람을 부를까 말까 망설이면서 엉거주춤 여관에 서 있었다. 내가 예술가가 될 수 있다고, 예술가의 삶을 살 수 있다고 믿었던 건 커다란 착각이었어, 그렇다고 곧장 정신과학으로 도망치지도 못했을 거야, 예술성이라는 길로 우회할 수밖에 없었어, 라고 베르트하이머는 말했다. 내가 과연 위대한 피아노 대가가 될 수 있었을까, 어떻게 생각해? 이렇게 내게 질문을 던져놓고는 대답도 기다리지 않고 무서운 웃음이 섞인 목소리로 절대 안 됐을 거야, 라는 말을 던졌다. 넌 몰라도 난 아니야, 너한테는 그럴 만한 능력이 있어, 네가 연주하는 몇 소절만 들어도 알 수 있거든, 하지만 난 아니야, 라고 그 친구는 말했다. 글렌이 천재라는 건 처음부터 알았던 거고, 우리의 북미권 천재, 우리 둘은 글렌과는 반대의 이유로 실패했어, 라던 베르트하이머의 말이 떠올랐다. 난 보여줄 건 없고 잃을 것밖에 없어, 우린 재산 때문에 불행한 건지도 몰라, 그는 이런 말도 덧붙였다. 글렌의 재산은 그에게 해가 되지 않았어, 오히려 그 덕에 천재가 될 수 있었지, 글렌과 인연이 닿지 않았다면 우린 어땠을까, 하고 베르트하이머는 말했다. 호로비츠라는 이름이 우리 두 사람한테 중요하지도 않았고 우리가 잘츠부르크에 가지도 않았더라면 말이야, 잘츠부르크에서 호로비츠 수업을 듣고 글렌 굴드를 알게 됐기에 우리가 죽음을 만난 거잖아, 글렌이라는 친구는 우리한테 죽음이었다구, 너나 나나 호로비츠 수업에서 다른 학생들보다 월등했잖아, 하지만 글렌은 호로비츠보다 더 잘했지, 라던 그 친구의 말이 아직도 귓가에 맴돈다. 하지만 뒤집어보

면 말이야, 글렌은 죽었지만 우리 둘은 아직도 이렇게 멀쩡하게 살아 있잖아, 라고 그는 말했다. 베르트하이머는 그동안 친척이며 친구들이며 자기 주변의 많은 이들이 죽었지만 전혀 충격을 받지 않았던 반면 글렌의 죽음만큼은 자기한테 치명타를 안겨주었다고 했다. **치명타**라는 말을 베르트하이머는 아주 또박또박 발음했다. 꼭 같이 있어야만 특별한 연대감을 느끼는 건 아니라는 거다. 글렌의 죽음에 **극도로** 큰 충격을 받았다는 베르트하이머의 말이, 여관에 서 있는데 떠올랐다. 비록 그 친구의 죽음은 어느 누구의 죽음보다 더 쉽게 예견할 수 있었지만 말이야, 라고 베르트하이머는 말했다. 그래도 손에 잡히질 않아, 내 말은 그가 죽었다는 것이 이해는 가지만 손에 잡히지 않는다는 거야, 라고 그는 말했다. 글렌은 **몰락하는 자**라는 말이나 개념을 아주 좋아했는데, 지크문트 하프너 골목 거리에서 글렌이 그 말을 만들어내던 순간이 생생하게 기억난다. 사람을 바라볼 때 우리 눈에는 병신밖에 안 보여, 라고 언젠가 글렌이 말했던 것이 떠올랐다. 외적으로든 내적으로든 전부 병신이야, 병신 아닌 사람이 없어, 오래 바라볼수록 더 병신으로 보이는 이유는 우리가 평소에 그 사람이 얼마나 병신인가를 알려고 하지 않기 때문이야, 세상은 병신투성이야, 거리에 나가면 병신들만 만나게 된다고, 집에 누구를 초대하면 병신을 맞이하는 셈이야, 라던 글렌의 말이 떠올랐다. 나도 비슷한 것을 여러 번 눈치챘기 때문에 글렌의 말에 전적으로 동감했다. 베르트하이머와 글렌과 나, 우리 모두가 병신이라는 생각이 들었다. 우정, 예술주의라니! 이런 생각을 했다. 맙소사, 얼마나 미친 짓이야! 남은 자는 나야, 이제 난 혼자야, 라고 생각했다. 솔직히 이 세상에서 내게 중요한 사

람은 글렌과 베르트하이머뿐이었기 때문이다. 이제 두 사람 다 세상을 떠났으니 난 이 사실을 어떻게든 받아들여야 한다. 여관은 인상이 허름했다. 이 동네의 다른 여관들과 마찬가지로 이 여관도 때가 묻었고 공기는 숨을 못 쉴 정도로 안 좋았다. 어딜 봐도 밥맛이 떨어졌다. 안면이 있는 여주인을 진작에 부를 수도 있었지만 그러지 않았다. 베르트하이머는 여주인과 여러 차례 동침했다고 들었는데 물론 베르트하이머의 사냥 별장에서가 아니라 이 여관에서였다는 것 같다. 글렌은 사실상 〈골트베르크 변주곡〉과 〈푸가의 기법〉만 연주했다. 브람스라든가 모차르트, 쇤베르크나 베베른처럼 다른 작곡가들의 작품을 연주했을 때도 말이다. 무척 존경했던 이 작곡가들 중에서도 글렌이 유독 더 높이 평가한 사람은 쉽게 예상되듯 베베른이 아니라 쇤베르크였다. 베르트하이머는 글렌을 여러 번 트라히로 초대했지만 글렌은 잘츠부르크 페스티벌의 무대에 선 이후로 다시는 유럽에 오지 않았다. 우리는 서로 편지도 주고받지 않았다. 그 기나긴 세월 동안 주고받은 카드 몇 통을 편지라고 부를 순 없을 것이다. 글렌이 정기적으로 자기 음반을 우리한테 부쳐준 데 대해 고맙다는 말 몇 마디를 전하는 정도였다. 우리를 묶어준 것은 우리 우정이 전혀 감상적이지 않았기 때문이며, 베르트하이머는 감상적이라는 인상을 줄 때가 많았지만 사실 정반대였다. 그 친구도 전혀 감상적인 사람은 아니었다. 베르트하이머가 징징댔던 이유는 감상적이어서가 아니라 순전히 계산에 의한 것이었다. 베르트하이머가 세상을 떠난 후 그의 사냥 별장을 한 번 더 보고 싶다는 내 생각이 갑자기 어처구니없이 느껴져 머리에 손을 갖다 댔다. 정말 손을 갖다 댄 건 아니고 상상으로 그랬다. 하지만 내가

감상적이어서 이런 행동을 하는 건 아니야, 하고 난 여관을 둘러보면서 생각했다. 처음에는 빈의 콜마르크트 집에만 가볼 생각이었지만, 베르트하이머가 최악의 상황 속에서 지난 두 해를 보냈다는 트라히부터 찾아가서 사냥 별장을 한 번 더 둘러보기로 했다. 베르트하이머는 여동생이 결혼하자 석 달을 씨름하면서 빈에서 더 버텼는데, 도심을 헤매면서 여동생을 향해 저주를 퍼부었으리라 짐작된다. 그러다 빈을 떠날 수밖에 없는 시점이 오자 트라히에 숨어버린 것이다. 그가 마지막으로 마드리드로 보내온 엽서는 충격적이었다. 두서 없는 내용이 적힌 엽서에 나타난 그 친구의 글씨는 노인네 글씨였고 미쳐가고 있음이 확연했다. 하지만 나는 오스트리아에 갈 생각이 없었다. 프라도 거리에 위치한 집에서 글렌 굴드론이라는 논문에 몰두하고 있었던 나는 어떤 일이 있어도 작업을 중단하지 않았을 것이다. 그때 중단했더라면 쓰고 있던 걸 놓치고 말았을 것이기에 그런 위험은 감수하고 싶지 않았던 것이다. 엽서를 보는 순간 베르트하이머의 상태가 심각하다는 걸 알았지만 답장을 보내지는 않았다. 베르트하이머가 글렌의 장례식에 참석하러 미국에 같이 가자고 했을 때도 난 사양했다. 베르트하이머는 나 없이 혼자서는 안 가려고 했다. 베르트하이머가 목을 매달고 사흘이 지나서야 나는 그 친구도 글렌처럼 쉰한 살까지만 살았다는 사실이 떠올랐다. 사람은 쉰 살을 넘기면 스스로를 천하고 개성이 없다고 여기기 마련인데, 문제는 이런 상태를 얼마나 버틸 수 있느냐지, 난 생각했다. 쉰한 살에 자살하는 사람들이 많아, 라고 난 생각했다. 쉰두 살에 자살하는 사람들도 많지만 쉰한 살에 자살하는 사람들이 훨씬 많다. 쉰한 살에 자살을 하든 쉰한 살에 자연사를 하든

글렌처럼 죽든 베르트하이머처럼 죽든 상관은 없다. 죽음의 원인은 쉰 살이 되면서 왠지 경계선을 넘은 것 같은 느낌과 함께 찾아드는 수치심 때문이다. 50년이면 살 만큼은 살았다는 게 내 생각이다. 쉰 살을 넘기고도 더 살아야 한다면, 그것은 우리 자신을 비참하게 만드는 길이다. 쉰 살에 비겁하게 경계선을 넘으면서 우리는 몇 배로 더 비참해진다는 생각이 들었다. 어쩌다 보니 내가 바로 그런 부끄러움 없는 놈이 돼버렸군. 죽은 자들이 부러웠다. 죽은 자들의 우월함이 잠깐이나마 증오스러웠다. 여관 안에서, 내가 갖가지 원인 중에서도 호기심이라는 가장 저속한 원인 때문에 트라히에 왔다는 사실이 실수처럼 여겨졌으며, 이 여관도 나 자신도 싫었다. 더구나 내가 사냥 별장에 들어갈 수 있을지도 알 수 없잖아, 틀림없이 새 주인이 와 있을 테고 나를 반길 사람은 아무도 없을지 몰라, 나를 항상 미워했기 때문에 나라는 사람을 반길 리 없을 테니 말이야, 베르트하이머가 묘사한 대로라면 그 친척들은 나를 베르트하이머 못지않게 싫어할 테고, 지금쯤이면 나를 가장 용납할 수 없는 침입자로 보고 있을 테니까 말이야, 난 생각했다. 이런 불필요한 트라히 여행은 접어버리고 그냥 마드리드로 돌아갈 걸 그랬어, 난 생각했다. 내가 괜히 뻔뻔스러운 놈이 돼버렸잖아, 난 생각했다. 사냥 별장을 방문하여 방마다 들어가보고 그에 대한 생각을 하나도 빠뜨리지 않고 정리해보겠다는 내 계획이 순간 죽은 사람에게 침을 뱉는 행위처럼 느껴졌다. 난 끔찍한 놈이야, 혐오스럽고 불미스러운 놈이야, 라고 생각하면서 여주인을 부를까 하다가 직전에 관뒀는데, 여주인이 너무 일찍, 그러니까 적어도 나한테는 너무 일찍 나타나서 내 생각의 흐름을 방해하고 글렌과 베르트하

이머에 대한 단상을 흩뜨려놓을까봐 겁이 났기 때문이다. 나는 상황을 봐서 정말로 베르트하이머가 남기고 간 글들을 눈여겨볼 생각이었으며 그 생각은 지금도 변함없다. 베르트하이머는 자기가 지난 세월 집필했다는 글들을 자주 언급하곤 했다. 본인 말로는 보잘것없는 것들이라지만 베르트하이머의 성격이 꽤나 거만했다는 점으로 미루어 그 보잘것없다는 것들은 제법 귀중한 것일 수 있으며, 간직하고 수집하고 살리고 정리할 가치가 있는 베르트하이머의 생각들일 거라고 추측했다. 그렇게 생각하니 벌써 수학적, 철학적 내용이 담긴 공책과 쪽지들이 눈앞에 아른거렸다. 하지만 상속인들은 그 모든 글과 쪽지를 내놓지 않을 것 같다. 그 사람들은 내가 별장에 들어가지도 못하게 할 것이다. 누구냐는 질문에 내 이름을 밝히면 면전에서 문을 쾅 닫아버릴 것 같다. 치명적인 내 평판 때문에 그들은 곧장 문을 닫아걸 것 같다. 사냥 별장에 찾아가겠다는 정신 나간 생각은 마드리드에 있을 때부터 했다. 나 말고는 아무한테도 자기가 쓴 글과 쪽지를 언급하지 않았을 테고 어딘가에 그것들을 숨겨놓았을지도 모른다는 생각과 함께, 그렇다면 내가 그 글과 쪽지를 찾아내 보존하는 게 도리 아니겠는가, 하고 난 생각했다. 글렌은 정말 아무것도 남기지 않았다. 아무런 기록도 남기지 않았다. 이와 반대로 베르트하이머는 쉴 틈 없이, 그것도 수십 년 동안이나 글을 써댔다. 무엇보다 글렌에 관한 흥미로운 내용을 여기저기에서 발견할 수 있을 거야, 라고 난 생각했으며, 우리 세 사람, 우리의 학창 시절, 선생들, 우리의 성장 과정 그리고 세계 발전에 대해 틈나는 대로 언급했을 거라고, 여관에 서 있던 나는 생각했으며 부엌의 창문을 통해 안을 들여다봤지만 창문이 더러워서 안쪽이

전혀 보이지 않았다. 저 더러운 부엌에서 요리한 음식을 식당에 있는 손님들에게 대접한다 이거지, 난 생각했다. 오스트리아 여관들은 전부 더럽고 밥맛 떨어지는 곳이야, 이런 여관에서는 깨끗한 식탁보를 찾아보기 힘들지, 스위스 같은 나라에서는 아주 당연한 면 냅킨은 더더욱 찾아볼 수 없고, 라고 난 생각했다. 아무리 작은 여관이라도 스위스 여관은 정갈하고 풍미가 있는 반면에 오스트리아는 호텔이라는 곳조차 더럽고 밥맛 떨어지잖아, 방은 또 어떻고! 난 생각했다. 오스트리아에서는 한 번 사용한 침구를 그냥 살짝 다림질만 해서 다음 손님에게 재사용하는 경우가 많고 세면대에 마지막 손님의 머리털 뭉치가 떨어져 있는 경우도 적지 않다. 난 오스트리아 여관을 보면 항상 역겹다. 그릇도 깨끗하지 않고 좀 더 자세히 들여다보면 식기도 십중팔구는 더럽다. 하지만 베르트하이머는 이 여관에서 자주 식사를 했다. 하루에 한 번쯤은 사람이 보고 싶어, 그 사람이 행여 방탕하고 누추하고 지저분한 여관 여주인일지라도 말이야, 라고 말했다. 말하자면 새장 두 군데를 오가는 셈이지, 콜마르크트 집에서 트라히로 그리고 다시 집으로, 라던 그의 말이 떠올랐다. 파멸적인 대도시의 새장에서 파멸적인 숲 속의 새장으로 말이야, 여기 숨었다 저기 숨었다 하는 거야, 괴상한 콜마르크트에 숨었다가 또 언제는 괴상한 시골 숲에 숨는 거지, 한 곳에서 빠져나와 다른 한 곳으로 미끄러져 들어가는 거지, 한평생, 하지만 이런 과정이 하도 몸에 배서 이제는 내가 다르게 살 수 있다는 생각조차 못 하겠어, 라고 그는 말했다. 글렌이 자신만의 미국 새장에 자신을 가둔 거라면 나는 나만의 오스트리아 새장에 나 자신을 가둔 셈이지, 라던 베르트하이머의 말이 생각났다. 글렌은

과대망상증을 안고 나는 절망을 안고 말이야, 우리 셋 다 각자의 절망을 안고 말이야, 라던 그의 말이 생각났다. 글렌한테 우리 별장 얘기를 해줬어, 라고 베르트하이머는 말했다. 틀림없이 내 얘기를 듣고 숲 속에 집을 지었을 거야, 자신만의 스튜디오, 절망의 스튜디오 말이야, 라고 언젠가 베르트하이머가 말했던 것이 떠올랐다. 인적 드문 숲 속에 음악스튜디오를 겸한 집을 지어 올리는 미친 짓, 그것도 사방에서 멀리 떨어진 그런 곳에 집을 짓는 미친놈이 어디 있어, 제정신이 아닌 놈이나 하는 짓이잖아, 라고 베르트하이머는 말했다. 난 그런 절망의 스튜디오는 안 지어도 돼, 트라히에 벌써 있으니까, 나중에 나한테 이 집을 물려줬던 아버지는 몇 년 동안이나 여기서 혼자 버티셨는데 나보다는 덜 까다롭고 덜 형편없고 덜 초라하고 덜 우스꽝스러우셨지, 라고 언젠가 베르트하이머가 말한 적이 있다. 이상적인 여동생이 있으면 뭘 해, 아주 안 좋은 시기에 눈 하나 깜짝 않고 오라비를 떠나버리는데 말이야, 라고 베르트하이머는 말했다. 모든 것이 타락해버린 스위스로 가버렸잖아, 유럽 국가 중에서도 제일 개성이 없는 스위스로 말이야, 스위스에 가면 늘 창녀촌에 와 있는 기분이 들어, 라고 그는 말했다. 도시나 시골이나 전부 음탕해, 장크트모리츠, 사스페, 그스타트, 전부 갈봇집이야, 취리히나 바젤은 또 어떻고, 거긴 국제적인 창녀촌이지, 더군다나 쿠어처럼 요즘도 대주교가 하나에서 열까지 간섭하는 무시무시한 도시로 가다니, 라고 그가 외쳤다. 여동생은 나한테서 도망치겠다고, 자기 인생과 존재를 파멸시킨 잔인한 오라비한테서 도망치겠다고 그곳으로 가버렸어, 라던 베르트하이머의 말이 떠올랐다. 천주교 냄새가 진동하는 치처스로 말이야! 나는 그사이에 가방

만 바닥에 내려놓았을 뿐 여전히 여관 식당의 똑같은 자리에 우두커니 서 있었는데, 글렌이 죽었다는 소식은 내겐 너무 큰 충격이야, 라던 베르트하이머의 말이 다시 또렷하게 들려왔다. 베르트하이머는 자살할 수밖에 없었어, 더 이상 미래가 없었던 거야, 난 속으로 중얼거렸다. 그 친구는 불이 꺼질 때까지 살았고 불이 꺼질 때까지 존재했어. 여주인과 이 집에서 잤다니 그 친구답군, 하고 난 생각했으며 여관 식당의 천장을 올려다보면서 두 사람이 바로 식당 위층 여주인의 침대에서 몸을 섞었을 거라고 추측했다. 베르트하이머처럼 결벽적인 심미주의자가 지저분한 침대에서 잤다니, 난 생각했다. 늘 쇼펜하우어, 칸트, 스피노자와만 살 수 있다고 믿었던 그토록 민감하던 사람이 종종 방크함의 여관주인과 거칠거칠한 닭털이불을 덮고 잤다 이거지. 그 생각을 하니 처음에는 웃음이 나왔다가 나중에는 구역질이 났다. 내 폭소를 들은 사람은 아무도 없었다. 여주인은 여전히 코빼기도 안 보였다. 식당은 둘러볼수록 더 더럽게 느껴졌고 여관 전체는 엉망이었다. 이 동네에 여관이 이곳뿐이다 보니 선택의 여지가 없었다. 글렌 생각을 했다. 글렌은 쇼팽 따위는 절대 연주하지 않았다. 그런 초청은 거액의 사례금을 준다 해도 거절했다. 글렌은 자신을 불행하다고 보는 사람들한테 그렇지 않다고, 자기야말로 제일 행복하며, 행복이 빚어낸 제일가는 사람이라고 우겼다. 음악/강박증/성공욕/글렌— 이렇게 내 첫 마드리드 노트에 적은 적이 있었다. 라르디*를 발견하고 나서 푸에르타델솔 광장에서 구경한 사람들에 관해 1963년에 글렌한테

---

* 마드리드에 자리 잡은 전통 있는 레스토랑 겸 델리숍.

편지를 쓴 적이 있지. 투우에 관해 묘사한 문구, 레티로 공원에서의 단상들, 글렌은 답장이 없었지, 난 생각했다. 베르트하이머는 사냥 별장이 글렌의 마음에 들 거라 생각하고 그를 여러 번 트라히로 초대했지만, 글렌은 결코 응하지 않았다. 사실 베르트하이머는 사냥 별장 타입은 아니었으며 글렌은 더더욱 아니었다. 호로비츠는 글렌 굴드 같은 수학자가 아니었다. —었다. 우리는 그 사람은 —이다 라고 말하다가 갑자기 그는 —었다 라고, —었다, 라는 끔찍한 말을 쓰지, 난 생각했다. 내가 쇤베르크에 관한 생각을 늘어놓거나 무슨 생각을 얘기하기 시작하면 베르트하이머는 글렌과 달리 내 말을 꼭 자르거나 토를 달았다. 베르트하이머는 누가 자기보다 더 많이 안다는 것을 참지 못했으며 자기가 모르는 주제에 대해 누가 논하는 걸 받아들이지 못했다. 무식함에 대한 수치심이지, 라고 난 여관에서 여주인을 기다리면서 생각했다. 하지만 독서광은 글렌도 나도 아닌 베르트하이머였다. 나는 독서를 별로 안 했으며 독서를 한다 해도 같은 작가, 같은 철학자를 매번 새로운 사람들 읽듯 읽었다. 나는 같은 것을 매번 완전히 다른 것으로 받아들이는 기술을 상당한 수준까지 발전시켜 고차원적인 예술의 경지로 승화시켰는데, 이런 장기는 베르트하이머에게도 글렌에게도 없었다. 글렌은 글렌답게 독서를 거의 안 했고 문학이라면 질색을 했다. 난 내 목적 내 예술에 도움이 되는 것만 읽어, 하고 글렌이 언젠가 말했다. 그는 바흐라면 전부 외우고 있었으며 헨델과 모차르트에 대해서도 아는 것이 많았다. 바르톡에 관해서도 모르는 게 없었고, 앉아서 몇 시간씩이나 — 본인의 표현을 빌리자면 — 해석할 줄 알았으며 그것도 틀리는 것 하나 없이, 베르트하이머의 표현을 빌리자면 **천재**

글렌답게 그렇게 했던 것이다. 글렌을 뫼히스베르크에서 처음 만났던 순간부터 이 친구가 내가 만난 사람 중에서 가장 비상한 인물임을 깨달았지, 난 생각했다. 나는 사람을 보는 안목이 있다. 그러고 나서 몇 년 뒤에 내 생각이 전 세계적으로 입증되었지만, 난 그게 오히려 수치스럽게 여겨졌다. 신문을 통해 뭔가 입증된다는 게 워낙 수치스러운 일이니까 말이다. 우리는 이렇게 존재하고 있어, 달리 선택의 여지가 없잖아, 라고 언젠가 글렌이 얘기했다. 우리는 완전히 무의미한 것들을 겪어내야 해, 그건 글렌도 마찬가지야, 난 생각했다. 베르트하이머의 죽음도 미리 예견할 수 있었던 거야, 난 생각했다. 하지만 이상하게도 베르트하이머는 툭하면 내가 자살할 거라고 주장했다. 너는 숲에서 목을 매달아 죽을 거야, 네가 **그토록 사랑하는** 레티로 공원에서 말이야, 라고 나한테 말했던 것이 생각났다. 그 친구는 내가 말 한마디 없이 오스트리아에 모든 것을 남겨두고 마드리드로 훌쩍 떠나버렸다는 사실을 용서하지 않았다. 내가 자기와 함께 빈에서 십 년 동안 돌아다닌 것에 익숙해져 있었기 때문이다. 하지만 지금 생각해보면 항상 **자기**가 가고 싶어 하는 길을 걸었지 내가 가고 싶은 곳은 아니었다. 그 친구는 나보다 걷는 속도가 빨라서 늘 뒤쫓아가야 했어, 환자는 내가 아니라 **그 친구**였는데 말이야, 오히려 환자는 내가 아니라 자기였기 때문에 늘 처음부터 앞장서서 나를 쫓아오게 만들었을 거야, 난 생각했다. 몰락하는 자는 글렌 굴드가 만들어낸 기발한 별명이야, 난 생각했다. 베르트하이머를 처음 본 순간 그를 **꿰뚫어 봤던** 글렌은 원래부터 처음 보는 사람을 **두루두루 꿰뚫어 봤다.** 베르트하이머는 새벽 다섯시에, 나는 다섯시 반에 일어났던 반면에 글렌은 항상 새벽 네

시쯤에 눈을 붙였기 때문에 아홉시 반이 돼서야 일어났다. 눈을 붙인 것도 잠을 자기 위해서가 아니라 글렌의 말에 의하면 **탈진 상태를 조금씩 회복**하기 위해서였다. 글렌도 죽었고 베르트하이머도 목숨을 끊었는데 나까지 죽어버린다면 어떻게 될까, 하고 여관을 둘러보면서 생각했다. 글렌도 습기 찬 오스트리아 여관을 늘 경계했으며 환기를 자주 안 한다거나 아예 안 하는 오스트리아 여관에서 병에 걸려 죽을까 봐 두려워했다. 여관 주인들은 여름에도 창문을 열지 않아 벽에 습기가 영구적으로 스며들다 보니, 우리나라 여관에서 실제로 죽을병에 걸리는 사람들이 많다. 게다가 요즘 보이는 곳마다 번지고 있는 몰개성은 또 어떻고, 난 생각했다. 우리나라의 가장 아름다운 여관들까지 점점 수준이 떨어지고 있다. **사회주의**라는 말이 요즘 어떤 지경에까지 이르렀는가를 보면 이보다 더 역겨운 단어도 없다. 어딜 가도 이 나라의 천박한 사회주의자들이 퍼뜨린 천박한 사회주의가 도사리고 있고 이 작자들은 사회주의를 가지고 국민을 이용하고 그들을 천박하게 만들어놓았다. 모든 것에 침투해서 이제는 어디를 가도, 어디를 봐도 **치명적일 만큼** 그놈의 **천박한 사회주의**를 목격하게 되고 피부로 느끼게 된다. 이 여관방은 안 들어가봐도 뻔해, 죽을병이나 걸리겠지, 난 생각했다. 내가 오로지 사냥 별장을 한 번 더 보겠다는 목적으로 방크함에 왔다는 사실이 순간 부끄러웠다. 하지만 이건 베르트하이머에 대한 도리라고 이내 속으로 중얼거렸으며, 이건 베르트하이머에 대한 도리야, 라고 이번에는 큰 소리로 스스로에게 말했다. 거짓말이 꼬리에 꼬리를 물었다. 나의 가장 두드러지는 특성이기도 한 호기심에 이번에도 완전히 넘어가버렸다. 상속인들은 사냥 별장을 벌써 정리했을

지도, 그리고 아주 딴 곳으로 만들어버렸을지도 모른다는 생각이 들었는데, 상속인들이란 상상을 초월할 정도로 매몰차게 일을 처리하는 경우가 많다. 유언자가 고인이 된 지 몇 시간도 지나지 않아 벌써 이것저것 다 꺼내어 처분해버리고 아무도 근처에 못 오게 한다고 들었다. 베르트하이머처럼 자기 친척을 지독한 사람들로 묘사하고 **묘사만으로 깔아뭉갤** 줄 아는 사람도 없을 것이다. 아버지와 어머니 그리고 여동생까지 증오했던 그는 자신이 불행한 건 그들 때문이라고 비난했다. 자기가 살아야 하는 건 순전히 가족의 잘못이라고 끊임없이 책망했으며, 가족이 자신을 이처럼 끔찍한 실존이라는 기계 속으로 던져 넣고 완전히 망가진 모습으로 다시 기계에서 나오기를 바란다는 거였다. 저항은 소용없어, 라고 그는 늘 말했다. 어머니가 아이를 실존기계 속으로 던져 넣으면 아버지가 아이를 부지런히 토막 내는 그 기계를 평생 가동시켜온 것이라 했다. 부모들은 자기네가 바로 불행이고 그 불행을 자식에게 대물림한다는 사실을 아주 잘 알면서도 아이를 잔인하게 실존기계 속에 던져 넣지, 라던 베르트하이머의 말을 생각하며 여관 식당을 찬찬히 둘러보았다. 베르트하이머를 처음 본 건 누스도르프 거리에 있는 시장 건물 앞에서였다. 원래 가족은 그가 부친처럼 사업에 뛰어들기를 기대했다. 그 길을 마다했던 베르트하이머는 자신이 바랐던 음악가 역시 되지 못했으며 본인의 말을 빌리자면 **정신과학**이라는 것 때문에 파멸당하고 말았다. 어디에서 도망쳐 나온다 해도 곧장 다른 것에 휘말려 우리 자신을 망치는 거야, 라고 그는 말했다. 우리는 끝까지 떠나는 일만 반복한다구, 라고 그는 말했다. 베르트하이머도 나처럼 공동묘지를 좋아했다. 며칠을 연속으로 되블링과 노이

슈티프트의 숲 주변에 있는 공동묘지를 누비고 다녔다. 그 친구도 나처럼 평생 혼자 있는 것을 동경했지, 난 생각했다. 베르트하이머는 나처럼 여행을 즐기는 성격이 아니었다. 나처럼 변덕스럽게 장소를 바꿔줘야만 하는 그런 성격이 아니었다. 그 친구는 부모님을 따라 이집트를 다녀온 게 전부였다. 반면에 나는 목적지가 어디든 떠날 수만 있다면 여행을 떠났는데, 처음으로 뛰쳐나와 찾아간 곳은 베네치아였다. 할아버지의 왕진 가방과 달랑 150실링만 가지고 열흘 동안 그곳에 머물렀다. 매일같이 아카데미아를 방문하고 페니체 극장에 공연을 보러 다니면서 열흘을 알차게 보냈다. 페니체에서 처음 봤던 〈탕크레디〉가 떠올랐다. 그때 처음으로 음악을 한번 시도해보겠다는 소망을 품었다. 베르트하이머는 항상 몰락하는 자일 뿐이었다. 베르트하이머는 누구보다도 더 자주 빈의 거리를 누비고 다녔는데, 기진맥진할 때까지 사방팔방 걸어다녔다. 관심을 딴 데로 돌리기 위해서였다. 그 친구는 신발이 엄청나게 많았다. 글렌이 신발 페티시스트라고 부르기도 했던 그 친구는 콜마르크트 집에만도 신발이 몇백 켤레가 넘는 것 같았다. 그 때문에 그의 여동생은 폭발 일보 직전이었다. 베르트하이머는 자기 여동생을 존경하고 사랑했지만 그녀를 점점 더 미치게 만들었다. 그녀는 겨우 베르트하이머에게서 벗어나 쿠어 근처의 치처스로 도망쳤으며 그를 떠난 후로는 소식을 끊었다. 베르트하이머는 여동생이 놓고 간 옷을 그대로 옷장에 두었다. 그는 여동생의 것이라면 일절 손도 대지 않았다. 나는 사실 동생을 악보 넘기는 사람으로 이용해먹었을 뿐이야, 라고 그가 말한 적이 있다. 여동생은 악보를 참 잘 넘겼어, 매몰차게 가르쳤거든, 동생은 원래 악보를 전혀 못 읽었어, 라고 그가

밀한 석이 있다. 타고난 나의 악보 넘기는 여인, 이라고 언젠가 그가 말했던 게 생각났다. 자기 여동생을 악보나 넘기는 사람으로 전락시켰는데 그 여동생도 참는 데 한계를 느꼈던 것이다. 동생은 절대로 남편감을 찾지 못할 거야, 라던 베르트하이머의 말이 명백한 착각이었음이 드러났다. 베르트하이머는 집을 안심하고 여동생을 가둘 수 있는 감옥, 도저히 탈출할 수 없는 곳으로 만들어놓았지만, 듣자 하니 그의 여동생은 하룻밤 만에 빠져나갔다는 거다. 그 일은 베르트하이머에게 참혹한 수치심을 안겨주었다. 안락의자에 앉아 자살할 궁리만 했다고 본인이 직접 말했던 게 생각났는데, 며칠 동안 어떻게 할까 궁리를 하긴 했지만 결국은 자살하지 않았다는 거다. 안 그래도 글렌의 죽음 이후로 자살 생각이 머리에서 떠나지 않고 있었는데, 여동생의 탈출이 그런 생각을 더욱 부추겼다는 거다. 베르트하이머는 글렌이 죽자 한 대 얻어맞은 것처럼 자신이 실패했다는 사실을 깨달았다고 했다. 하지만 여동생이 떠났을 때 깨닫게 된 것은 동생의 비열함, 지극히 곤경에 빠져 있는 오라비를 배반하고 머리부터 발끝까지 천한 놈팡이 때문에, 풀 먹인 옷깃이 달린 몰취미한 레인코트나 입고 금속 버클이 달린 발리 구두나 신고 다니는 그 스위스 놈 때문에 오라비를 내팽개쳤다고 했던 베르트하이머를 떠올렸다. 여동생이 (자기 의사 선생님이라고 부르는!) 그놈의 못된 내과의사 호르히한테 가지 못하게 만들었어야 해, 스위스 놈을 거기서 만났거든, 이라고 베르트하이머는 말했다. 의사들은 화학기업을 소유한 자들과 한통속이잖아, 라던 그의 말이 떠올랐다. 나이가 마흔여섯인 여인을 두고, 동생이 떠나지 못하게 막았어야 해, 라고 말하던 그가 떠올랐다. 마흔여섯 살이나 된 그 여인은

외출하기 전에 오빠의 허락부터 받아야 했고 모든 외출에 대해 시시콜콜 보고해야 했지, 난 생각했다. 베르트하이머는 처음에, 인정사정 없이 계산적이기만 한 인간으로 봤던 그 스위스 놈이 여동생의 돈만 보고 결혼했다고 여겼다가 나중에 그놈이 베르트하이머와 여동생의 재산을 합친 것보다 훨씬 더 큰 부자, 그러니까 갑부라는 것을 알게 됐는데, 그건 오스트리아식 부유함의 몇 배나 되는 스위스식 부유함을 뜻하는 거였다. 그 인간(스위스 놈)의 부친은 취리히의 로이 은행장이고, 그런 아버지를 둔 사람이 아주 막강한 화학기업을 소유하고 있다는 게 말이나 되느냐고 베르트하이머는 외쳤다. 스위스 놈의 전처가 죽은 원인은 불분명해서 아무도 그 내막을 모른다고도 했다. 하필 내 동생이 떼부자의 두번째 부인이 되다니, 라던 베르트하이머의 말이 생각났다. 베르트하이머가 한번은 얼어붙을 정도로 추운 슈테판 성당에 여덟 시간 동안 엉덩이를 붙이고 제단을 뚫어지게 쳐다보고 있었는데, 교구 직원이 저, 문 닫을 시간입니다, 라면서 슈테판 성당에서 자기를 내쫓았다고 했다. 나가면서 그 직원에게 100실링짜리 지폐를 손에 쥐여줬는데 아무래도 그건 실수였다는 생각이 든다고 베르트하이머는 말했다. 쓰러져 죽을 때까지 슈테판 성당에 앉아 있고 싶은 생각이 간절했어, 하지만 있는 힘을 다해 그 간절한 생각에 집중해도 도저히 안 되는 거야, 라고 그는 말했다. 소원이라는 건 우리가 온 힘을 다해 집중할 때에만 이루어질 수 있는 건데 말이야, 난 그럴 수 있는 기회조차 못 받았다고, 라고 그는 말했다. 자기는 어릴 적부터 '자살'을 하고 싶었지만 거기에 온 힘을 집중할 수 있는 기회가 주어지지 않았다는 거다. 자기는 애당초 모든 것이, 모든 이들이 혐오스럽기만

한 세상에 태어났다는 사실이 도무지 믿기지 않는다고 했다. 베르트하이머는 죽음에 대한 갈망이 나이가 들면 싹 사라질 거라 믿었지만, 해가 갈수록 그 갈망은 더 강렬해졌다는 거다. 하지만 끝까지 밀고 가는 치열함과 집중력은 부족했었다는 거다. 자살을 못 한 이유는 끊임없는 내 호기심 때문이야, 라던 그의 말이 생각났다. 부친을 용서하지 못하는 이유는 우리를 만들었기 때문에, 모친은 우리를 세상 속에 내던졌기 때문에, 그리고 여동생은 우리가 겪는 불행의 산증인이기 때문에 용서 못 하는 거야. 존재한다는 건 돌려 말하면 이런 거잖아, 우리는 절망한다, 베르트하이머는 이렇게 말했다. 눈을 뜨면 나 자신이 혐오스럽고 앞으로 닥칠 일들을 생각하면 소름이 끼쳐, 자려고 누우면 죽어서 다시는 깨어나지 말았으면 하는 소원밖에 없는데 그러다가 다시 눈을 뜨고, 이런 악순환이 되풀이된 지 벌써 50년이 됐어, 라고 베르트하이머는 말했다. 50년 동안 오직 죽기만을 바랐지만 아직도 살아 있고, 그걸 어떻게든 바꿔볼 수 없는 건 순전히 우리에게 철두철미한 일관성이 없어서라고 생각해보면 말이야, 라고 베르트하이머는 말했다. 그건 우리가 비참함과 비열함 그 자체이기 때문이야, 라고 그는 말했다. 음악에 재능이 없어서야! 사는 데 소질이 없어서라구! 그는 이렇게 외쳤다. 우리는 살 능력조차 없으면서, 살아 있을 능력조차 안 되면서 거만이나 떨면서 음악 공부를 하다니! 베르트하이머는 언젠가 나와 힘이 다 빠질 때까지 네 시간 반 동안 브리기테나우를 걷던 와중에 베어링 거리에서 이처럼 말한 적이 있다. 예전에는 밤새도록 산호에서 시간을 보냈는데 이제는 콜로세움에조차 안 가잖아, 라고 베르트하이머는 말했다. 모든 게 완전히 불리하게 변했어, 우리는 누군가

를 친구라고 믿지만 시간이 지나면서 친구가 없다는 사실을 깨닫게 되잖아, 우리에게는 아무도 없어, 사실이 그렇다고, 라고 그는 말했다. 뵈젠도르프 피아노에 달라붙어 살았지만 시간이 흐르면서 모든 게 악몽 같은 착각임이 드러났다는 거다. 글렌은 운 좋게 〈골트베르크 변주곡〉을 연주하던 중에 스타인웨이 앞에 쓰러졌다는 거다. 자기는 수년 전부터 쓰러져 죽기를 시도해왔지만 헛수고였다는 거다. 여동생의 건강을 호전시키기 위해 동생을 프라터 하우프트알레*라는 데로 여러 번 데려가서 신선한 공기를 마실 수 있게 해줬지만 동생은 이런 나들이에 감사할 줄 몰랐다는 거다. 부르겐란트**도 아니고 왜 하필 프라터 하우프트알레로 온 거야, 크로이첸슈타인***이나 레츠****도 아니고 왜 하필 프라터 하우프트알레로 온 거냐구, 하면서 동생은 항상 불만이 많았어, 동생한테 안 해준 게 없는데 말이야, 입고 싶다는 옷은 다 살 수 있게 해줬다고, 라고 베르트하이머는 말했다. 내가 동생을 너무 애지중지했나봐, 라고 그는 말했다. 더없이 애지중지했더니 동생은 그 끔찍한 쿠어의 치처스로 달아나버렸어, 더 이상 수가 안 보인다 싶으면 모두들 스위스로 내빼지, 라던 베르트하이머의 말이 생각났다. 하지만 스위스는 그런 사람들한테는 결국 죽음의 감방이 되지, 스위스에 가서 스위스 때문에 질식하게 돼, 동생도 스위스 때문에 질식하고 말 거야, 그게 벌써 훤히 보인다고, 라고 그는 말했다. 치처스 때문에

---

* 빈에 위치한 프라터 공원의 산책로이자 도로.
** 오스트리아 동남부에 있는 주.
*** 빈 근처에 있는 오래된 성.
**** 니더외스터라이히 주에 있는 와인으로 유명한 도시.

여동생은 죽고 말 거야, 그 스위스 놈 때문에 죽을 거라구, 스위스 때문에 죽고 말 거야, 라던 베르트하이머의 말이 생각났다. 어쩜 치처스처럼 해괴망측한 이름을 가진 데로 갈 수가 있냐구! 라던 그의 말이 생각났다. 아들과 딸이 평생 함께 지내라는 부모님의 구상, 부모님의 계획이었을 수도 있어, 라고 그는 말했다. 아들에게 여동생을 하나 낳아주면 둘이 죽을 때까지 서로를 격려해가면서 서로를 파멸시켜가면서 그렇게 살게 될 줄 아셨겠지만, 결국 계산대로 되지 않았지, 라고 그는 말했다. 부모님은 뭔가 그럴듯한 계획을 짜냈지만 그런 계획은 당연히 이루어질 수 없다고 베르트하이머는 말했다. 여동생은 오빠보다 더 강하면서도 그 계획대로 움직여주지 않았다고 그는 말했다. 약자는 항상 나였어, 내가 절대적으로 약한 쪽이었다구, 라고 베르트하이머는 말했다. 베르트하이머는 오르막길에서 몹시 숨이 찬다고 하면서도 나를 앞질러 갔다. 계단을 못 오르겠다고 하면서도 나보다 먼저 3층에 도착해 있곤 했다. 그건 전부 자살 기도였어, 하고 난 식당을 관찰하면서 생각했다. 전부 삶으로부터 도망치려는 헛된 시도였지, 한번은 부친이 파사우가 아름다운 도시, 휴양지 같은 도시, 특별한 도시라고 해서 여동생을 데리고 가봤는데 도착하자마자 파사우가 제일 추악한 도시이고 잘츠부르크를 흉내 내려는 도시이며, 거만을 떨면서 세 강이 만나는 도시*라고 자칭하는 그곳은 사실상 무력하고 흉측한 도시이며 하나부터 열까지 천박하다는 것을 단번에 알아봤다는 것이다. 여동생과 둘이서 세 강이 만난다는 그 도시로 얼마쯤 걸어 들어갔

---

* 독일 남부 바이에른 주에 있는 파사우는 도나우 강, 인 강, 일츠 강이 만나는 지점에 있어서 '세 강이 만나는 도시'라고 불린다.

다가 곧장 발길을 돌려서는 금방 떠나는 빈행 기차가 없어서 그냥 택시를 타고 빈으로 돌아왔다는 거다. 파사우 체험 이후로 두 사람은 적어도 몇 년간 여행 계획을 아예 접었다고 말했던 게 생각났다. 그 뒤로 여동생이 여행을 떠나고 싶다고 하면 베르트하이머는 파사우에 갔을 때를 생각해! 라는 말 한마디로 여행 타령을 미연에 방지했다. 경매에서 팔아버린 뵈젠도르프 피아노의 자리는 요제프 황실풍* 책상이 차지했지, 난 생각했다. 그렇다고 우리가 항상 공부만 해야 하는 건 아니잖아, 난 생각했다. 오로지 생각만 하고 생각이 자연스럽게 흐르는 대로 내버려두는 것만으로도 충분하지 않은가, 세계를 관조하는 일에 우리 자신을 내맡기는 것, 그것이야말로 가장 어려운 일이지, 난 생각했다. 베르트하이머는 나와 달라서 뵈젠도르프 피아노를 경매로 팔아넘겼을 당시에는 그렇게 처신할 수 있는 상태가 아니었고 나중에도 그러지 못했다. 내게는 그런 장기가 있었기 때문에 어느 날 작은 여행가방 하나만 챙겨서 오스트리아를 떠날 수 있었으며, 처음에는 포르투갈에 갔다가 그다음엔 스페인으로 가서 프라도 거리의 소더비 경매장 바로 옆에 거처를 구할 수 있었다. 말하자면 하룻밤 사이에 나는 세계관의 예술가가 돼버렸던 거다. 내가 순간적으로 지어낸 단어 때문에 웃음이 터져나왔다. 부엌 창문 쪽으로 몇 걸음 다가갔지만 부엌 안을 들여다볼 수 없다는 사실을 이미 알고 있었다. 앞서 말했듯이 창문이 너무 더러웠기 때문이다. 오스트리아에서는 부엌의 창문들이 너무 더러워서 그 안을 들여다볼 수 없는데, 물론 그 안을 들여다볼 수 없다는 게

---

* 오스트리아 황제 요제프 2세의 이름을 딴 후기 로코코 양식.

가장 큰 장점이라는 생각이 들긴 했다. 만약 들여다볼 수 있다면 재앙의 정면을, 그러니까 지저분한 오스트리아 부엌의 현장을 정면으로 들여다보는 셈이니까. 그래서 부엌 창문으로 향했던 몇 걸음을 되돌린 다음 방금 전까지 서 있었던 곳으로 다시 가서 멈췄다. 글렌은 자신에게 가장 유리한 시점에 죽었지만, 베르트하이머는 자신에게 유리한 시점에 자살하지 못했어, 나는 생각했다. 자살하는 사람에겐 유리한 시점이라는 건 없으니까 말이야, 반면 '자연사'는 그 시점이 항상 유리하기 마련이지, 베르트하이머는 글렌을 흉내 내려고 했던 거야, 난 생각했다. 동시에 여동생한테 본때를 보여주려 했던 것인데, 굳이 여동생이 사는 치처스의 집 앞 백 보 거리에서 목을 매달아 죽음으로써 앙갚음을 하려고 했던 것이다. 그는 치처스행 기차표를 끊고 그곳으로 가서 여동생이 사는 집 앞 백 보 거리에서 목을 매달았다. 그렇게 발견된 그의 신원은 며칠씩이나 밝혀지지 않았다. 4, 5일이 지나서야 베르트하이머라는 이름이 쿠어의 한 병원 직원의 눈에 띄었고, 그는 베르트하이머라는 이름을 화학기업 사장의 부인과 연결시켰다. 사모의 혼전 성이 베르트하이머였다는 사실을 기억해낸 직원은 의아해하면서, 임상병리학과에 안치된 자살자 베르트하이머와 그 회사 사모의 관계를 치처스로 문의했다. 자기 집으로부터 백 보 떨어진 곳에서 누군가 목을 매달았다는 사실을 전혀 모르고 있던 베르트하이머의 여동생은 즉시 임상병리학과로 가서 자기 오빠임을 확인했다고 한다. 베르트하이머의 계산은 적중했다. 자살한 방식과 장소 선택을 통해 여동생이 평생 죄책감을 느끼며 살도록 만들었다. 베르트하이머다운 계산이군, 난 생각했다. 하지만 자신을 비참하게 만든 거야, 난 생각했

다. 애초에 여동생 집에서 백 보 떨어진 곳에서 목매달아 죽을 생각을
하고 트라히를 떠났다는 거니까, 오래전부터 계획한 자살이지, 충동
적으로 저지른 절망적 행위가 아니야, 난 생각했다. 내가 마드리드에
있었다면 장례식 때문에 쿠어까지 가지는 않았겠지만, 이렇게 빈에
와 있었으니 쿠어에 가는 건 당연한 일이었지, 난 생각했다. 쿠어에서
트라히로 가는 것도 그렇고. 하지만 바로 이 점에 대해 심각한 의구심
이 들었고, 트라히에 들르지 않고 쿠어에서 곧장 빈으로 가는 게 낫지
않았을까 싶었으며, 이렇게 속이 훤히 들여다보이는 저속한 호기심을
충족시키겠다는 것 말고 도대체 내가 여기서 뭘 어쩌겠다는 건지 이
제 와서 알 수가 없었다. 여기에 꼭 와야 한다고 나 자신에게 억지 주
장을 펴고 꼭 필요한 일이었다고 사기를 치면서 스스로를 속였던 것
아닌가. 베르트하이머의 여동생에게는 내가 트라히에 갈 계획이라고
얘기하지 않았다. 쿠어에 있을 때만 해도 트라히에 갈 생각이 없었고
기차에 오르고서야 아트낭푸흐하임에 내려 트라히로 가봐야겠다고,
또 매번 그랬듯이 이번에도 방크함에서 하룻밤을 묵어야겠다고 결심
했던 거니까, 난 생각했다. 나는 항상 내가 베르트하이머의 장례식에
가게 될 거라고 확신하고 있었는데, 그게 언제일지는 몰랐어도 그런
날이 올 줄은 알고 있었다. 이런 생각은 누구한테도 얘기 안 했고 베
르트하이머한테는 더더욱 안 했지만 말이다. 반면 베르트하이머는 툭
하면 자기가 내 장례식에 참석하게 될 거라고 했지, 그때까지도 여주
인이 오기를 기다리면서 난 생각했다. 항상 눈에 띄었던 그런 이유들
때문에 나는 베르트하이머가 자살할 날이 올 것이라고 확신하고 있었
다. 베르트하이머의 자살을 결정적으로 부추긴 건 글렌의 죽음이 아

니라 여동생이 그를 떠났다는 사실이었다. 글렌의 죽음으로 베르트하이머의 종말이 시작되긴 했지만 여동생이 그 스위스 사내와 결혼한 게 결정적이었다. 하염없이 빈의 거리를 활보하면서 어떻게든 자신을 구제해보려고 몸부림쳤지만, 베르트하이머의 그런 시도는 실패로 돌아갔고 구제는 끝까지 불가능했다. 베르트하이머가 사랑한 20, 21구의 노동자들 동네, 특히 브리기테나우와 카이저뮐렌, 사창가가 있는 프라터, 치르쿠스 골목길, 슈텔 거리, 라데츠키 거리를 걷는 것도 전부 소용없었다. 베르트하이머는 몇 달 동안 빈을 누비고 다녔으며 밤이고 낮이고 주저앉을 때까지 걷고 또 걸었다. 그러나 소용없었다. 트라히에 있는 사냥 별장이 사람을 살리는 곳이라던 베르트하이머의 믿음 역시 착각이었음이 드러났다. 내가 알기로 처음 3주 동안 사냥 별장에만 처박혀 지냈던 베르트하이머는 자기 문제 때문에 간 그곳에서 벌목꾼들을 성가시게 했다. 하지만 서민들이란 복잡한 인간을 이해 못 할 뿐만 아니라 다른 누구보다 더욱 무참하게 상대방을 떠밀어버리지, 난 생각했다. '서민들'이 자신을 구제해줄 수 있다는 믿음이야말로 크나큰 착각이다. 극도로 궁지에 몰린 자가 서민한테 가서 구제해달라고 사정하면 그 사람들은 그를 더 깊숙이 절망 속으로 떠밀어버린다. 사실 그들이 어떻게 별난 사람을 그 별난 성격으로부터 구제할 수 있단 말인가, 난 생각했다. 여동생도 떠나버린 마당이니 베르트하이머는 어차피 자살할 수밖에 없었어, 난 생각했다. 베르트하이머는 책을 출간하려고 했지만, 원고를 수도 없이 수정하는 바람에 결국엔 남은 원고가 없어 책을 낼 수가 없었다. 그가 수정했다는 건 원고를 완전히 삭제해버렸다는 것과 같은 의미여서 결국엔 **몰락하는** 자라

는 제목밖에 남지 않았던 것이다. 나한테 남은 건 이제 제목뿐이야, 라고 그가 나한테 말했다. 차라리 잘됐어, 두번째 책을 쓸 힘이 남아 있는지도 모르겠어, 아마 없겠지, 하고 그는 말했다. **몰락하는 자가 출** 간되었더라면 난 죽고 싶었을 거야, 라던 그의 말이 생각났다. 하지만 어찌 보면 쪽지인간이기도 했던 베르트하이머는 수천 수만 장의 쪽지 를 콜마르크트 집뿐만 아니라 트라히의 사냥 별장에도 쌓아두었다. 이봐, 네 진짜 관심은 베르트하이머의 쪽지에 있는 건 아닐까, 그래서 아트낭푸흐하임에서 내렸던 건 아닐까, 난 생각했다. 아니면 빈에 갈 생각을 하니 소름이 끼쳐서 시간을 끌고 싶었는지도 모르지, 베르트 하이머가 쓴 수천 장의 쪽지들을 모아서 **몰락하는 자**라는 제목으로 출 간한다면 어떨까. 쓸데없는 생각이다. 난 베르트하이머가 트라히와 빈에 있던 쪽지들을 전부 없애버렸을 거라고 추측했다. 흔적을 남기면 안 돼, 베르트하이머가 곧잘 하던 말이다. 친구가 죽으면 우리는 그 친 구가 잘 쓰던 표현이나 발언으로 그를 못 박고 친구가 즐겨 사용했던 무기로 그 친구를 죽인다. 살아 있을 때 우리에게 (그리고 다른 사람 들한테) 건넸던 말 속에서 계속 살아남는다고 할 수도 있지만, 우리는 친구가 한 말로 그 친구를 죽일 수도 있다. 친구가 했던 말이나 기록 과 관련해서 우리는 (그 친구에 대해서!) 아주 가차 없이 굴지, 그리 고 만약 기록이 없다면, 그러니까 친구가 **예방 조치**로 기록을 미리 없 애버려서 남아 있지 않다면 우리는 그 친구가 했던 말로 그를 파멸시 키지, 난 생각했다. 유산을 남긴 자를 더욱더 파멸시키려고, 죽은 자 를 한 번 더 죽이려고 우리는 그 유산을 약탈하고, 만약 그를 파멸시 킬 만한 유산이 남아 있지 않다면 그에게 불리한 발언을 지어내기도

하지, 난 생각했다. 상속인들은 잔인해, 세상에 남은 자들은 손톱만큼의 배려도 없어, 난 생각했다. 우리는 친구한테는 불리하고 우리한테는 유리한 증거를 찾지, 난 생각했다. 친구한테는 불리해도 우리 상황만 나아 보이게 할 수 있다면 뭐든 약탈하지, 난 생각했다. 사실이다. 베르트하이머는 언제나 자살을 저지를 위험이 있었지만 그래도 이건 도가 지나쳤다. 실제로 자살한 시점보다 훨씬 전에, 글렌의 죽음보다 훨씬 전에 자살했어야 돼, 난 생각했다. 지금 이 꼴로는 그의 자살은 수치스러울 뿐이고, 치처스에 사는 여동생의 집 앞에서 목숨을 끊었다는 사실만으로도 천박한 인간이 돼버렸잖아, 라는 생각으로 죄책감, 그러니까 베르트하이머가 보낸 편지들에 답장도 보내지 않고 친구답지 못하게 그를 외면했다는 사실을 여전히 감당하지 못하는 내 죄책감을 막아보려고 했다. 마드리드를 떠날 수 없다고 한 말은, 친구의 작전에 휘말리지 않으려는 비겁한 거짓말에 불과했으며, 이제 와서 돌이켜 보니 그 친구는 내가 자기를 살릴 수 있는 마지막 가능성이라 생각해서 자살하기 전에 마드리드로 편지를 네 통이나 보내왔던 건데, 나는 답변을 않다가 다섯번째 편지를 받고서야 비로소 그에게 도저히 시간을 낼 수 없다고, 어떤 이유로든 오스트리아에 가는 일로 내 일을 망칠 수는 없다고 답변했다. 글렌 굴드론, 지금 와서 보면 실패작에 불과했던 그것을 핑계 삼았던 건데, 마드리드로 돌아가자마자 무가치한 그 글을 난로 속에 던져버려야겠다고 생각했다. 난 면목도 없이 베르트하이머를 저버렸어, 라고 생각했다. 그 친구가 궁지에 몰려 있을 때 등을 돌린 것이다. 하지만 난 친구의 죽음에 얼마간 책임이 있다는 사실을 극구 부인했으며, 그 친구한테 어차피 도움이 안 됐

을 거라고 스스로에게 말했다. 나였어도 그를 살리지 못했을 거라고, 그때는 이미 자살하기 일보 직전이 아니었던가. 대학이어야 해, 그것도 음악 대학이어야 해! 예전에 난 그렇게 생각했다. 우선 유명해져야 겠다고, 가장 쉽고 빠른 방법을 통해 유명해져야겠다고, 그러려면 음악 대학이 가장 이상적인 발판이라고 당시의 글렌과 베르트하이머와 나는 그렇게 생각했다. 하지만 우리 중에 목표로 삼았던 걸 해낸 사람은 글렌뿐이고, 글렌은 결과적으로 자기 목표 달성을 위해 우리까지 이용해먹었던 거야, 난 생각했다. 일부러 그러지야 않았겠지만 글렌 굴드라는 인물이 되기 위해 모든 것을 이용했던 거지, 난 생각했다. 베르트하이머와 나는 글렌에게 길을 열어주기 위해 자포자기하는 수밖에 없었다. 지금 돌이켜 보면 어처구니없는 생각 같지만 그때는 전혀 그렇지 않았다. 그러나 글렌은 호로비츠의 수업을 들으러 유럽에 왔을 때부터 천재였고 우리는 이미 그때부터 패자였어, 난 생각했다. 따지고 보면 나는 피아노 대가가 되고 싶지도 않았고, 모차르테움이나 그곳과 관련된 것은, 세상이 정말 지루해서 죽을 지경이었고 또 일찍부터 삶에 넌더리가 나 있던 나 자신을 구제하기 위한 핑곗거리에 지나지 않았다. 베르트하이머도 사실 나와 비슷했다. 우리 두 사람은 애당초 뭐가 되고 싶다는 생각이 없었기 때문에 '출세'를 못 했던 것이다. 하지만 글렌은 이와 반대로 무슨 수를 써서라도 글렌 굴드라는 인물이 되는 걸 목표로 삼았고 자기가 가장 간절하게 바라는 천재가 되려면, 그러니까 피아노 분야에서 **경천동지할 권위자**가 되기 위해서는, 유럽에 와서 호로비츠를 이용하는 일만 남아 있었던 것이다. **경천동지할 권위자**라는 말을 흐뭇하게 되씹으며 나는 식당에 우두커니 서

서 여주인을 기다렸다. 여관 뒷마당에서 나는 소리로 봐서는 여주인이 돼지들에게 사료를 주는 모양이었다. 나는 단 한 번도 경천동지할 권위자가 되고 싶다는 욕심을 내본 적이 없었고 그건 베르트하이머도 마찬가지였어, 난 생각했다. 베르트하이머의 머리는 글렌의 머리보다 나를 더 닮았어, 난 생각했다. 글렌은 이성적인 머리를 지녔던 베르트하이머나 나와는 달리 완전히 대가의 머리를 얹고 다녔지, 하지만 나한테 대가의 머리가 뭐냐고 묻는다면, 이성의 머리가 무엇인지 말 못하는 것과 마찬가지로 대답하지 못하겠지, 난 생각했다. 글렌 굴드와 먼저 친해진 사람은 베르트하이머가 아니라 나였다. 내가 먼저 글렌과 친해졌고 그다음에 베르트하이머가 우리에게 합류했으며, 사실 베르트하이머는 우리와 함께 있을 때도 늘 아웃사이더였다. 그래도 우리 세 사람은 평생의 우정을 맺고 있었던 셈이지, 난 생각했다. 자살했다는 사실 하나만으로도 베르트하이머는 동생에게 큰 타격을 줬어, 난 생각했다. 치처스 같은 시골구석은 화학기업 사장 부인의 오빠가 자살했다는 사실을 앞으로도 계속 들먹이겠지, 난 생각했다. 그리고 베르트하이머가 파렴치하게도 여동생이 사는 집 근처 나무에 목을 매달았다는 사실은 사장 부인에게 더욱 불리하게 작용할 것이다. 베르트하이머는 장례식의 격식 따위를 전혀 중요하게 생각하지 않았던 사람이기도 하지만 그가 안치된 쿠어에서 격식을 갖춘 장례식은 어차피 치러질 수 없었을 것이다. 이상하게도 아침 다섯시에 거행된 장례식에는 쿠어의 상조회사 직원들 몇 명을 제외하고 베르트하이머의 여동생과 남편 그리고 나뿐이었다. 베르트하이머를 한 번 더 보겠느냐고 이상한 질문을 하는 베르트하이머의 여동생에게 난 주저 없이 마다했

다. 그런 제안이 불쾌했다. 장례 절차뿐만 아니라 참석한 사람들 전부가 나를 불쾌하게 만들었다. 쿠어의 장례식에 가지 말걸 그랬어, 지금에 와서 난 생각했다. 베르트하이머의 여동생이 보내온 전보에는 장례식 날짜만 있었지 베르트하이머가 자살했다는 사실은 없었다. 처음에는 그 친구가 여동생을 방문했던 기간 중에 **사망**한 줄 알았다. 물론 그것도 좀 이상하다고 생각하긴 했다. 그 친구가 여동생을 방문한다는 건 상상도 할 수 없는 일이었으니까. 베르트하이머는 절대로 여동생을 보러 치처스까지 가지 않았을 거야, 난 생각했다. 그는 여동생에게 최고형을 언도한 셈이지, 여동생의 두뇌를 영구적으로 손상시켜놓았어, 난 생각했다. 빈에서 쿠어까지 기차로 열세 시간이 걸렸다. 오스트리아 기차 안은 지저분했고 식당칸을 찾기도 힘들었지만 식당칸이 있다 해도 거기서 나오는 음식은 최악일 것이다. 물 한 잔을 앞에 놓고 나는 20년 만에 무질의 『생도 퇴를레스의 혼란』을 다시 읽어보려 했지만 애초에 불가능한 일이었다. 소설은 더 이상 참을 수가 없었다. 한 페이지 이상은 더 읽을 수가 없었다. 묘사 따위가 참을 수 없었다. 그렇다고 해서 파스칼의 작품을 읽는 것으로 시간을 때울 수도 없었다. 『팡세』는 전부 외우고 있는 데다 마음에 들었던 파스칼의 문체에 대한 관심도 식은 지 오래였다. 그래서 난 경치를 **조망**하는 것으로 만족했다. 눈앞에 스쳐 지나가는 도시들은 허름해 보였고, 농가들은 주인들이 옛 창문을 뜯어내고 저속한 새 플라스틱 창문을 달아 풍광을 전부 망쳐놓았다. 경치를 지배하는 건 교회 첨탑들이 아니라 외국에서 가져온 플라스틱 컨테이너로, 덩치만 큰 저장고 탑들이다. 기차를 타고 빈에서 린츠까지 가면서 차창 밖으로 보이는 것은 개성이라

고는 요만큼도 없는 것들뿐이다. 린츠에서 잘츠부르크까지도 마찬가지다. 티롤 산맥을 보면 마음이 무거워진다. 나는 포어아를베르크*가 항상 싫었고 스위스도 마찬가지였다. 아버지는 스위스야말로 우둔함의 본거지라고 말하곤 했는데 그 말만큼은 나도 동감한다. 쿠어는 부모님과 여러 번 가봐서 잘 안다. 장크트모리츠로 여행을 가는 길에 항상 쿠어에서 같은 호텔에 투숙했는데 아버지는 민트차 냄새만 풍기는 그 호텔의 단골손님이어서, 호텔에 40년도 넘게 충실했다는 이유로 20퍼센트 할인 혜택을 받았다. 시내 중심가에 있는 그 호텔을 아버지는 좋은 호텔이라고 했는데, 잘 생각나지는 않지만 이름이 태양으로였던 것 같기도 하다. 쿠어에서도 제일 어두침침한 곳에 있었는데도 이름이 그랬다. 쿠어의 와인 바에 가면 가장 형편없는 와인을 따라주고 가장 입맛 떨어지는 소시지를 내왔다. 아버지는 우리를 데리고 항상 이 호텔에서 '간단한 먹거리'라는 것을 주문해서 저녁식사를 했으며 쿠어를 부담 없이 편안하게 들렀다 갈 수 있는 곳이라고 불렀지만, 쿠어를 늘 굉장히 고약하다고 여긴 나로서는 도무지 이해할 수 없었다. 권태롭기는 잘츠부르크 사람들도 마찬가지지만 쿠어 사람들이 가진 고지대 특유의 권태로움은 더 싫었다. 부모님과 함께, 또 간혹 아버지와 단둘이서 장크트모리츠로 여행을 갈 때마다 쿠어에 내려서 그 칙칙한 호텔, 습기가 3층까지 올라오고 골목 쪽으로 창이 나 있는 그곳에 묵을 때마다 꼭 벌을 받는 느낌이었다. 나는 쿠어에서 눈을 붙인 적이 한 번도 없어, 늘 절망 속에서 누워만 있었지, 난 생각했다. 쿠어는 천

---

* 오스트리아 서쪽 끝에 위치한 주.

하의 음침한 곳이었고, 잘츠부르크보다 더 음침하며 사람을 병들게 만드는 곳이었다. 쿠어 사람들도 마찬가지다. 쿠어에서 하룻밤만 잘 못 묵었다가는 평생을 망칠 수 있다. 하지만 빈에서 장크트모리츠까지 기차로 하루 만에 간다는 것은 여전히 불가능하니 어쩔 수 없지, 난 생각했다. 이미 말했듯이 내 유년 시절의 쿠어를 너무도 음침한 곳으로 기억하고 있었기 때문에 이번에는 쿠어 외곽에 투숙했다. 나는 택시를 타고 쿠어 시내를 벗어나 치처스로 가다가 호텔 간판이 보이는 곳에서 내렸다. 다음 날 아침 호텔을 나오는데 청독수리라는 이름이 눈에 들어왔다. 물론 밤에 한숨도 못 잤다. 베르트하이머가 자살을 한 결정적인 원인은 글렌이 아니야, 집을 나가 스위스 남자와 결혼한 여동생이 결정적이었어, 난 생각했다. 쿠어로 떠나오기 전에 나는 집에서 글렌의 〈골트베르크 변주곡〉을 들었다. 듣고 또 듣는 일을 반복했다. 들으면서 틈날 때마다 팔걸이의자에서 일어나, 글렌이 정말 내 집에서 〈골트베르크 변주곡〉을 연주하고 있다고 상상하며 서재를 왔다갔다했는데, 그렇게 왔다갔다하면서 나는 이 판에 담긴 곡 해석이 28년 전 호로비츠와 베르트하이머와 내가 모차르테움에서 들었던 곡 해석과 어떻게 다른가 찾아내려고 노력했다. 하지만 차이를 발견할 수 없었다. 글렌은 이미 28년 전에도 지금 이 판에서 흘러나오는 연주와 똑같은 방식으로 〈골트베르크 변주곡〉을 연주했던 것이다. 이 판은 나의 쉰 살 생일선물로 글렌이 뉴욕에 사는 내 친구 편에 보내주었다. 나는 글렌의 〈골트베르크 변주곡〉에 귀를 기울이면서, 이 해석으로 글렌이 자신을 불멸의 존재로 만들 수 있다고 믿었던 사실이 떠오르는군, 또 그것이 실현됐다고 볼 수도 있겠군, 하고 생각했다. 〈골트

베르크 변주곡〉을 글렌처럼 천재적으로 연주하는 피아노 연주자는 또 없을 것이기 때문이다. 글렌에 대한 글을 쓰기 위해서 〈골트베르크 변주곡〉을 듣다 보니, 3년 동안 발 한 번 들이지 않았던 내 집의 황폐함이 눈에 들어왔다. 나뿐만 아니라 다른 사람도 그동안 내 집에 들어온 적이 없었다. 3년 동안 떠나 있으면서 나는 프라도 거리로 잠적했고, 그 세월 동안 빈으로 돌아온다는 것은 상상조차 못 했다. 내가 그토록 증오하는 도시 빈으로, 그토록 증오하는 나라 오스트리아로 돌아올 생각은 추호도 없었다. 영원히 빈을 떠난 내게 이상적인 삶의 터전이 되어준, 그것도 점차 세월이 흘러서가 아니라 첫 순간부터 이상적인 삶의 터전이 되어준 마드리드가 나를 구제해줬어, 난 생각했다. 빈에 계속 있었더라면 베르트하이머 말대로 빈은 나를 갉아먹고 빈 사람들은 내 목을 조르고 오스트리아 사람들은 나를 파멸시켰을 것이다. 내 안의 모든 것이 빈에서는 질식당하고 오스트리아에서는 파멸당하게 돼 있어, 베르트하이머도 빈 사람들은 자기 목을 조르고 오스트리아 사람들은 자기를 파멸시킨다고 말했지, 난 생각했다. 하지만 그 친구는 나와는 달라서 하룻밤 만에 마드리드나 리스본이나 로마로 떠날 준비가 돼 있는 사람이 아니다. 때문에 그 친구는 트라히로 도망치는 수밖에 없었는데 트라히에서는 사태가 더욱 심각했다. 트라히에서 정신과학과 동거하면서 그는 파국을 맞이할 수밖에 없었던 것이다. 여동생과 함께였더라면 괜찮았겠지만 정신과학과 단둘이 그곳에 있어서는 안 됐던 거야, 난 생각했다. 베르트하이머는 알지도 못했던 쿠어를, 쿠어라는 도시명 자체를, 쿠어라는 단어를 결국엔 증오하게 되어서 그곳으로 가 자살할 수밖에 없었던 거야, 난 생각했다. 쿠어라

는 단어 그리고 **치처스**라는 단어가 결국 그로 하여금 스위스에 가서 나무에 목을 매달게 했던 것이며, 그것도 여동생의 집 근처에서 나무에 목을 매달게 했던 것이다. **짜놓은 각본대로**라는 말도 베르트하이머가 곧잘 입에 올리던 말로 그의 자살에 딱 맞아떨어지는 말이라는 생각이 들었다. 그 친구는 **짜놓은 각본대로** 자살했던 거야, 난 생각했다. 내 안의 모든 유전인자는 치명상을 유발하게 돼 있어, 라고 베르트하이머는 말했다. 나를 만든 부모님 때문에 내 안의 모든 유전인자가 치명적인 길을 걷게 돼 있어, 라고 그가 언젠가 나한테 했던 말이 떠올랐다. 베르트하이머는 늘 자살하는 사람과 질병, 죽음의 얘기가 나오는 책을 읽었어, 하고 난 식당에 서서 생각했다. 인생의 비참함과 막다른 상태가 묘사되고 무의미함이나 쓸모없음이 묘사되는, 모든 게 파멸로 치닫고 죽음으로 막을 내리는 책들. 그래서 베르트하이머는 도스토옙스키와 도스토옙스키의 계승자들을 가장 사랑했고, 치명적인 영향을 주는 러시아 문학을 무조건 사랑했으며, 기분을 저조하게 만드는 프랑스 철학자들도 사랑했다. 그중에서도 의학 서적을 가장 즐기고 탐독한 베르트하이머는 종합병원이나 나병원, 양로원이나 영안실을 자주 찾아갔다. 종합병원이나 나병원, 양로원이나 영안실을 무서워했으면서도 그곳을 부지런히 드나들었다. 종합병원에 갈 수 없을 때에는 환자들과 질병에 관한 책을 읽었으며, 나병원에 들어가볼 기회가 없을 때는 나병 환자들에 관한 책을 읽었고, 양로원에 갈 수 없을 때에는 노인들에 관한 책을 읽었으며 영안실에 갈 수 없을 때는 죽은 자들에 관한 책을 읽었다. 우리는 무엇인가가에 끌리면 본능적으로 그것을 가까이하고 싶어 하지, 라고 베르트하이머가 언젠가 말한 적이 있다.

그러니까 특히 병자와 나병 환자 그리고 노인과 망자의 관계에서 그렇지, 이론적인 접근만으로는 만족할 수 없으니까, 하지만 장시간 이론적 접근만 가능할 때도 있잖아, 우리가 음악을 오랫동안 이론적으로만 접해야 했듯이, 라던 베르트하이머의 말이 생각났다. 베르트하이머는 불행에 빠진 사람들에게 이끌렸는데, 그 사람들에게 끌렸다기보다는 그들의 불행에 이끌렸던 셈이다. 사람이 있는 곳에는 항상 불행이 존재하기 마련이지, 난 생각했다. 베르트하이머는 불행에 중독되어 있었기 때문에 사람한테 중독되어 있었던 것이다. 인간이 바로 불행이야, 그 반대라고 주장하는 사람은 바보야, 라고 베르트하이머가 곧잘 했던 말이 떠올랐다. 이 세상에 태어난다는 건 불행한 일이야, 살아 있는 동안 불행은 지속되고 죽음만이 그걸 그치게 할 수 있어, 라던 그의 말이 떠올랐다. 그렇다고 우리가 늘 불행하다는 얘기는 아니야, 행복도 불행을 전제로 하니까, 불행이라는 우회로를 거쳐야만 행복할 수 있잖아, 라던 그의 말이 떠올랐다. 부모님이 내게 준 건 불행밖에 없어, 그건 사실이야, 하고 그가 언젠가 했던 말을 떠올렸다. 하지만 부모님은 행복할 때도 많았기 때문에 그들이 불행했다고 단정할 수만은 없다고, 하지만 행복했다고 말할 수도 없는 노릇이라며, 자신도 행복하다느니 불행하다느니 하는 말을 못 하겠다는 거다. 모든 인간은 불행한 동시에 행복하기도 하니까, 느끼는 불행이 더 클 때도 있고 또 그 반대일 수도 있기 때문이라는 거다. 하지만 인간이 느끼는 행복보다는 불행이 더 크다는 것만큼은 사실이야, 라고 베르트하이머가 말했던 것이 떠올랐다. 베르트하이머는 아포리즘을 구사하는 사람이었어, 숱하게 많은 아포리즘을 남겼지, 난 생각했다. 하지만

그 친구는 그것들을 전부 버렸을 거야. 나는 **아포리즘 따위나 쓴다구**, 라던 그의 말이 떠올랐다. 그건 정신적 호흡이 짧은 저급 예술이야, 특히 프랑스에 살았던 어떤 이들이 생계를 위해 만들어낸 예술, 말하자면 야근하는 간호사들이나 읽을 법한 가짜 철학, 달력 명언에 지나지 않는 시시한 철학이라 부를 수도 있겠지, 나중에 의료기관의 대기실마다 붙어 있는 명언으로만 남아 순서를 기다리는 동안 읽을 수 있지, 부정적인 평가를 받든 긍정적인 평가를 받든 아포리스트로 불리는 작자는 다 역겨워, 그래도 난 아포리즘을 못 끊겠어, 그동안 써놓은 것만도 수백만 개에 달하는 것 같아, 라던 그의 말이 생각났다. 그것들을 없애버리는 게 현명한 처사 같아, 괴테나 리히텐베르크 같은 양반들처럼 어느 날 내가 쓴 것들로 병실이나 사제관의 벽이 도배되는 꼴은 못 보겠어, 라던 그의 말이 생각났다. 철학자가 될 운명은 아닌지라 나는 고작 아포리스트밖에 못 됐지만, 내 뜻과 완전히 무관하게 그렇게 됐다고만은 볼 수 없겠지, 아무튼 나는 세상에 널린 혐오스러운 철학자 지망생 중 하나가 되고 말았어, 라던 그의 말이 생각났다. 별 볼 일 없는 생각으로 아주 큰 효과를 노리고 인류를 속이는 거지, 라던 그의 말이 생각났다. 나도 그런 고약하고 무서운 아포리스트들과 근본적으로 다를 게 없어, 사슴 무리 속에 끼어드는 사슴벌레처럼 끝도 없는 부도덕함과 구제할 길 없는 뻔뻔함으로 철학자들 사이에 끼어드는 인간들 말이야, 하고 그가 말했던 것이 떠올랐다. 안 마시면 목말라 죽는다, 안 먹으면 굶어 죽는다, 아포리즘의 결론이란 게 전부 그런 유의 지혜잖아, 노발리스가 쓴 것이라면 몰라도 말이야, 하지만 노발리스도 헛소리를 많이 했어, 하고 베르트하이머가 했던 말

을 떠올렸다. 사막으로 가면 우리는 물을 갈망한다. 파스칼의 요점은
이 정도로 표현하면 되겠지, 라던 베르트하이머의 말이 떠올랐다. 따
지고 보면 가장 위대하다는 철학적 구상들도 초라한 아포리즘의 뒷맛
만 남기기는 마찬가지야, 우리의 정신적 도구를 총동원하여 접근하
면, 우리가 손을 갖다 대기만 하면 어떤 철학이든 어떤 철학자든 다
무너져내려, 라고 했던 그의 말을 생각했다. 나는 줄곧 정신과학을 얘
기하면서 지냈지만 정신과학이 뭔지도 모르고 아는 바도 전혀 없어,
라던 그의 말이 떠올랐다. 철학에 관한 얘기를 떠들어대지만 철학에
대해 아무것도 모르고, 실존에 관한 얘기를 떠들어대지만 실존에 대
해 아무것도 몰라, 라고 베르트하이머는 말했다. 우리는 늘 아는 것이
하나도 없고 짐작조차 할 수 없는 상황에서 출발하잖아, 라던 그의 말
이 생각났다. 무엇인가에 접근하려는 순간 우리는 각 분야마다 주어
진 어마어마한 자료에 빠져 질식하고 말지, 라던 그의 말이 생각났다.
그걸 알면서도 우리는 '정신적 문제'에 거듭 다가가고 불가능한 일,
즉 정신적 산물을 만들려고 시도하지, 이 얼마나 정신 나간 짓이야! 라던
그가 생각났다. 우리는 모든 것을 할 수 있는 능력이 있지만 동시에
매번 실패하지, 라던 그의 말이 생각났다. 위대한 철학자나 대시인들
은 성공한 문구 하나로 축소되고 말잖아, 사실이 그래, 우리는 '철학
적 색채'만 희미하게 기억하는 경우가 많아, 라던 그의 말이 생각났
다. 이를테면 칸트의 작품 세계처럼 엄청난 작품 세계를 연구하면 그
연구는 시간이 지나 칸트라는 동프로이센 사람의 작은 얼굴 하나로
줄어들고, 결국 앞이 어두워서 잘 안 보이는 막연한 세계, 다른 철학
자들의 세계처럼 별 볼 일 없는 세계가 돼버리고 말지, 라던 그의 말

이 떠올랐다. 만사가 그렇듯이 엄청난 세상이 되려다가 결국 남게 되는 건 우스꽝스러운 디테일뿐이라구, 라던 그의 말이 떠올랐다. '위대한 것'은 이제 우리 눈에 우스꽝스럽고 불쌍해 보여서 동정심만 유발하는 지경에 이르렀어. 정신이 맑은 순간에는 셰익스피어조차도 우스꽝스러운 얼굴에 불과하게 돼, 라던 베르트하이머의 말이 떠올랐다. 신들은 이미 오래전부터 맥주잔을 장식하는 수염쟁이 신들로밖에 존재하지 않는다던 그의 말이 떠올랐다. 멍청한 사람이나 누군가를 존경하지, 라던 그의 말이 떠올랐다. '정신적 인간'은 명작을 쓰겠다고 심혈을 기울이지만 우스꽝스러워질 뿐이야, 그 사람 이름이 쇼펜하우어든 니체든 클라이스트든 볼테르든 상관없어, 우리 눈에 비친 그 사람은 자기 머리만 학대하다가 엉뚱해져버리고 만 딱한 인간이야, 역사 밑에 깔리고 역사한테 추월당하는 사람이지, 우리가 책장 안에 가둔 위대한 사색가들은 그 안에서 우스꽝스럽다는 저주를 짊어진 채 우리를 쳐다보지, 라던 베르트하이머의 말을 생각했다. 난 밤이고 낮이고 책장 안에 갇힌 위대한 사색가들의 통곡 소리를 들어, 위대하다는 정신은 머리통만 작아지고 우스꽝스러워진 채 유리창 안에 갇힌 거야, 라던 그의 말이 떠올랐다. 그 사람들은 전부 자연한테 죄를 지었어, 정신한테 대역죄를 범한 거지, 그래서 우리가 형을 언도하고 영원히 책장 안에 가뒀지, 책장 안에서 질식하도록, 사실이 그래, 우리 서가는 위대한 정신들을 수감시킨 일종의 교도소야, 칸트는 물론 독방에, 니체, 쇼펜하우어, 파스칼, 볼테르, 몽테뉴처럼 아주 위대한 위인들도 독방에, 나머지는 전부 혼거(混居)방에, 하지만 말이야, 어떤 방에 있든 평생 감방 신세이긴 마찬가지야, 사실이 그렇다고, 그 대역

죄인들이 혹시라도 도망치거나 탈주하려고 해봐, 그랬다가는 혼쭐만 나고 웃음거리만 되는 거지, 그렇다니까, 인류는 정신적 위인이라 불리는 이들로부터 자신을 보호하는 방법을 터득했어, 라던 베르트하이머의 말을 떠올렸다. 정신은 나타나는 곳마다 혼쭐이 나고 감방으로 보내지고 매번 비정신으로 낙인찍히지, 라던 그의 말을 생각하며 식당 천장을 살폈다. 하지만 우리는 헛소리만 떠들어, 라던 그의 말이 생각났다. 전부 헛소리만 떠든다구, 우리 인생 자체가 헛소리야, 난 그걸 일찌감치 깨달았어, 생각이란 걸 하기 시작했을 때부터 말이야, 우리는 헛소리만 해, 한다는 말은 전부 헛소리야, 남이 우리에게 하는 말도 전부 헛소리고 말 자체가 헛소리지, 지금까지 이 세상 사람들이 지껄이고 글로 쓴 것은 전부 헛소리야, 우리가 가지고 있는 문서도 전부 헛소리야, 그게 헛소리라는 걸 역사가 입증해주잖아, 라던 그의 말이 떠올랐다. 결국 난 아포리즘 쓰는 사람이라는 개념 속으로 도망쳤어, 베르트하이머는 말했다. 직업이 뭐냐는 질문을 받고 난 아포리즘 쓰는 사람이라고 말한 적도 있어, 하지만 사람들이 내 말을 이해 못 하는 거야, 사람들은 항상 내 말을 이해하지 못해, 내가 무슨 말을 했다고 해서 꼭 그 말을 하려고 했던 건 아니잖아, 라던 그의 말이 떠올랐다. 내가 뭔가 말하면 그때는 완전히 다른 말을 하겠다는 건데 말이야, 라던 그의 말이 떠올랐다. 그래서 평생 오해만 받으며 살아왔어, 내가 받은 건 오해뿐이란 말이야, 라던 그의 말이 떠올랐다. 엄밀히 말하면 우리는 태어날 때부터 오해 속에서 헤매고, 살아 있는 동안에도 그런 오해에서 못 벗어나잖아, 발버둥을 쳐도 소용없어, 하지만 이런 건 누구나 하는 관찰이지, 그의 말을 생각했다. 누구나 쉴 새 없이 말을 하면서

오해를 사잖아, 최소한 이런 점에서만큼은 모두가 서로를 이해한다고 할 수 있지, 라던 그의 말이 떠올랐다. 우리를 오해의 세상에 낳은 것도 오해이며, 세상이 오해로 짜여 있어야만 우리는 오해의 세상을 견딜 수 있고, 다시 세상을 떠나는 것도 큰 오해 때문이지, 죽음보다 더 큰 오해는 없으니까, 라던 그의 말이 떠올랐다. 베르트하이머의 부모는 그릇이 작은 사람들이었다. 베르트하이머는 자기 부모보다는 그릇이 큰 사람이었어, 그는 의젓한 사람이었지, 난 생각했다. 베르트하이머 가문은 히칭에만 별장을 세 채나 소유하고 있었고, 베르트하이머가 그린칭에 있는 부친 소유의 별장 중 한 채를 명의이전 받을 것인가를 결정해야 했을 때 그는 부친에게 자기는 그 별장뿐만 아니라 다른 별장에도 일절 관심이 없음을 분명히 했다. 그의 부친은 로바우에 공장을 여러 채 소유하고 있었고 오스트리아 전역과 해외에도 회사가 많았지, 난 생각했다. 베르트하이머 가문은 언제나 **돈을 펑펑 쓰며** 살았지만 부자라는 생색을 내지 않았고, 첫눈에 부자라는 인상을 주지 않았기 때문에 아무도 그가 부유한 가문 출신임을 눈치채지 못 했다. 베르트하이머 남매는 부모의 유산에 눈곱만큼도 관심이 없었고, 유언장을 공개할 당시에 자기들한테 떨어진 재산의 규모를 짐작조차 못했으며, 갑자기 떠안게 된 **실제** 재산을 파악하고서 얼마간 어리둥절해하긴 했지만 귀찮은 마음이 더 컸으며 변호사가 준비한 자산 목록에도 무관심했다. 평소에 자신의 재산 얘기를 일절 하지 않던 베르트하이머는, 친척인 변호사에게 부탁해 콜마르크트 아파트와 트라히의 사냥 별장만 빼고 전부 팔아 세계 곳곳에 투자했다고 내게 말해준 적이 있다. 부모 재산의 4분의 3은 베르트하이머에게 돌아갔으며, 4분의 1을 받

은 동생도 오스트리아, 독일, 스위스의 여러 금융 기관에 투자했지, 난 생각했다. 베르트하이머 남매는 돈 걱정 없이 살게 됐던 거야, 난 생각했다. 하긴 나도 베르트하이머 남매의 재산에는 한참 못 미쳐도 개인적으로 돈 걱정은 안 해도 됐다. 베르트하이머의 증조부만 해도 렘베르크 교외에서 거위를 잡아먹던 가난한 사람이었지, 난 생각했다. 하지만 베르트하이머도 나처럼 상인 집안에서 태어났어, 난 생각했다. 언젠가 베르트하이머의 생일에 그의 부친은 아들에게 하라흐 가문 소유였던 마르흐펠트 성을 주려고 했지만, 이미 사놓았던 성을 같이 보러 가자는 제안조차 거부하는 아들의 냉혹함에 분개한 부친은 그 성을 다시 팔아버렸지, 난 생각했다. 사실 베르트하이머 남매는 검소하게 살았다. 별로 까다롭지도 않고 남의 눈에 띄지 않게 주로 막후에 머물렀으며 그런 두 사람에 비하면 주변 사람들은 전부 뽐내려는 것처럼 보였다. 모차르테움에서도 베르트하이머는 부자라는 표시를 전혀 내지 않았다. 베르트하이머처럼 잘살았던 글렌도 부자라는 표시가 전혀 나지 않았던 것처럼. 말하자면 부자들끼리 만났다는 게 나중에야 드러난 셈이지, 부자들은 직감적으로 부자를 알아봐, 난 생각했다. 글렌의 천재성은 거기에 보태진 반가운 보너스 같은 것이라고 할 수 있고, 난 생각했다. 우정이란 결국 당사자들의 배경이 받쳐줄 때만 유지될 수 있다는 걸 경험상 알 수 있었어, 다르게 생각한다면 그건 착각이야, 난 생각했다. 데셀브룬에 있는 내 집에 가봐야겠다는 생각은 차마 못 하고 트라히에 있는 베르트하이머의 사냥 별장에나 가보겠다고 아트낭푸흐하임에 무턱대고 내린 나의 행동에 문득 놀랐다. 내 집은 지난 5년 동안 비어 있었는데, 돈을 주고 사람을 시켜 4, 5일

마다 환기를 시킨다. 12킬로미터 거리도 안 되는 곳에 멀쩡한 내 집을 놓고 내가 본 중에 가장 끔찍한 방크함의 여관에 투숙하겠다는 이 냉정함. 하지만 무슨 일이 있어도 내 집에는 안 가겠다고 생각했다. 5년 전에 나는 앞으로 적어도 10년 동안 데셀브룬에 가지 않겠노라고 맹세했으며 그 맹세를 지키는 데 아무런 문제가 없었다. 데셀브룬에서 계속 자기 과제로 고민하다 보니 그곳에 더는 있지 못할 정도로 진저리가 났지, 난 생각했다. 내가 말하는 자기 과제란 스타인웨이 피아노를 내쳤던 당시의 사건에서 출발했는데 그것이 데셀브룬을 더 이상 참을 수 없었던 결정적 요인으로 작용하기도 했다. 더는 데셀브룬의 공기를 마실 수가 없었다. 데셀브룬의 집은 나를 병들게 했고 면적이 15평, 18평이나 되는 넓은 방에서 숨을 쉴 수가 없었지, 난 생각했다. 그 방들이 싫었고 방 안에 있는 내용물도 싫었으며, 집 밖으로 나갔을 때 그 앞에 있는 사람들도 싫었다. 내가 잘되기만을 바란다는 모든 사람들한테 갑자기 부당하게 굴었는데, 그 사람들 특유의 늘 베풀고자 하는 배려에 정나미가 떨어졌던 탓이다. 서재에 처박혀 창밖을 내다봤지만 보이는 건 내 불행뿐이었다. 밖으로 뛰쳐나가 아무한테나 욕을 퍼부었다. 숲 속으로 뛰어 들어가 지친 몸으로 나무 밑에 쪼그리고 앉았다. 정말로 제정신을 잃지 않기 위해 데셀브룬에 등을 돌렸다. 앞으로 최소 10년, 앞으로 최소 10년 동안이라고 계속해서 중얼거리면서 집을 떠나 빈에 들렀다가 포르투갈로 갔다. 포르투갈에서 가장 아름다우며, 유칼리나무가 30미터 높이까지 자라는 데다 최상의 공기를 마실 수 있는 신트라에 친척들이 살았다. 그 당시만 해도 신트라에서라면 데셀브룬에서 영원히 쫓아버렸던 음악도 되찾을 수 있다고 생각했

으며, 기발한 계산법에 맞춰 대서양 공기를 마시면서 심신을 회복할 수 있을 거라고 생각했다. 그때까지만 해도 신트라의 삼촌 집에 있는 스타인웨이를 연주하면서 데셀브룬에서 멈췄던 그 시점으로 되돌아갈 수 있으리라는 엉뚱한 생각을 했지, 난 생각했다. 신트라에서 하루에 6킬로미터씩 대서양 해변을 따라 걸었던 나는 삼촌과 삼촌네 식구들로부터 번번이 연주 요청을 받았지만 피아노 앞에 앉을 생각조차 하지 않았다. 신트라에 있는 동안 건반에 손도 대지 않은 것이다. 대신 신선한 공기를 마시면서 백수 노릇이나 하다가 이 세상에서 가장 아름다운 동네로 꼽히는 이곳에서 글렌에 관해 뭔가를 써보면 어떨까 하는 생각이 떠올랐다. 그것이 무엇이 될지는 몰랐지만 뭔가를 써야 겠다고, 글렌과 글렌의 예술에 관해 뭔가를 써야겠다고 결심했다. 이런 생각을 하며 신트라와 인근을 돌아다니다가 글렌에 관한 뭔가에 착수하지도 못한 채 결국 한 해를 낭비하고 말았다. 글을 쓸 때는 시작이 제일 어려운데, 나는 늘 시작도 못 하고 쓰고 싶은 글에 대한 생각만 하면서 몇 개월, 심지어 몇 년 동안을 돌아다니곤 했다. 글렌에 관한 글도 마찬가지였는데, 그때 나는 글렌에 관한 책이 반드시 쓰여야 한다고, 하지만 그것은 글렌 굴드라는 존재와 그의 피아노 연주에 관해 어려움 없이 증언할 수 있는 사람, 글렌이 얼마나 탁월했는지 입증할 수 있는 유능한 증인에 의해 쓰여야 한다고 생각했다. 어느 날 용기를 내어 서두를 쓰기 시작했는데, 원래 이틀만 묵을 작정이었던 잉글라테라 호텔에서 결국 6주나 머물게 되면서 글렌에 관한 글을 단숨에 써내려갔다. 하지만 나중에 마드리드로 거처를 옮기게 되었을 때 가방 안에는 온통 초안뿐이었으며, 초안 원고는 글을 쓰는 데 도움이 되기는

커녕 방해만 되었기에 전부 파기해버렸다. 초안을 너무 많이 만들어 놓는 이런 나쁜 습관 때문에 예전에도 여러 번 일을 망친 적이 있다. 글을 쓰려면 초안이 필요하지만, 그것도 너무 많으면 일을 망치게 돼, 난 생각했다. 잉글라테라에 있을 때도 그랬지, 방에 앉아 쉬지 않고 초안만 만들다 돌아버리는 줄 알았지, 그러던 와중에 이렇게 돌아버린 게 글렌에 관한 초안 때문이라는 걸 깨닫고 그것들을 과감하게 없애버렸지, 초안을 쓰레기통에 버린 다음, 방 청소를 하는 여자가 쓰레기통을 밖으로 들고 나가 다른 쓰레기와 함께 치워버리는 것을 물끄러미 지켜봤어, 청소하는 여자가 수천 장에 이르는 초안을 들고 사라지는 모습을 지켜보면서 마음이 참 편해졌지, 난 생각했다. 오후 내내 창가의 안락의자에 앉아 있다가 땅거미가 질 무렵에야 비로소 잉글라테라에서 기어 나올 힘이 생기면 리스본의 리베르다지 거리를 따라 가레트 거리에 있는 단골 술집까지 갔다. 초안을 없애고 서두 쓰기 단계를 무려 여덟 번이나 거치고 나서야 비로소 마드리드에서 글렌론이라는 글의 서두를 어떻게 써야 할지 알게 되었으며 글을 실제로 마친 것은 프라도 거리에서였지, 난 생각했다. 하지만 그 글이 정말로 가치가 있을 것인지 벌써부터 의심이 들기 시작했으며 돌아가는 대로 즉시 없애버려야겠다고 생각했다. 글로 적은 모든 것은 한동안 내버려두었다가 처음부터 다시 들여다보게 되면 참을 수 없는 것이 되며 그걸 다시 없애버리기 전까지는 안식을 찾지 못하지, 라고 난 생각했다. 다음 주에 다시 마드리드로 가게 되면 제일 먼저 할 일이 글렌론을 없애고 다시 처음부터 시작하는 거야, 난 생각했다. 훨씬 더 촘촘하고 훨씬 더 진정성 있는 글을 쓰는 거야, 난 생각했다. 우리는 늘 자신에게 진

정성이 있다고 믿지만 사실은 그렇지 못하며, 촘촘하게 썼다고 믿지만 사실은 그렇지 못하다. 하지만 그런 깨달음 때문에 결국 내가 쓴 것 중 그 어떤 원고도 책으로 출간할 수 없었지, 글쓰기에만 매달리면서 지내온 28년 동안 단 한 권도 출판하지 못했어, 글렌에 관한 글만 해도 장장 9년을 붙들고 있었지, 난 생각했다. 완성도 못한 미흡한 내 글이 하나도 출판되지 않아서 천만다행이야, 난 생각했다. 책으로 내고 싶었다면 문제가 될 건 전혀 없었겠지, 하지만 만약 책으로 나왔다면 나는 지금 말할 수 없이 불행해져서 오류와 부정확성, 부주의, 딜레탕티슴*으로 가득 찬 글을 썼다는 사실에 매일 직면해야 했겠지. 그런 처벌을 난 말소를 통해 피했지, 라고 난 생각했으며 문득 떠올랐던 말소라는 말을 음미했다. 그 말을 여러 번 곱씹어보았다. 마드리드에 도착하자마자 글렌론을 말소할 것, 새로운 글을 쓸 수 있도록 최대한 빨리 없애야 해, 어떤 식으로 글에 접근해야 할지 이제 알았다. 그동안 그걸 몰랐던 거지, 너무 일찍 쓰기 시작했던 거야, 딜레탕트처럼, 난 생각했다. 우리는 평생 딜레탕티슴으로부터 달아나지만 그것은 우리를 항상 따라잡지, 우리는 평생 딜레탕티슴에서 벗어나기를 그 누구보다 간절하게 바라지만 딜레탕티슴은 매번 우리를 따라잡곤 하지, 난 생각했다. 글렌과 냉혹성, 글렌과 고독, 글렌과 바흐, 글렌과 〈골트베르크 변주곡〉, 난 생각했다. 글렌과 산림 스튜디오, 인간에 대한 글렌의 증오, 음악에 대한 증오, 음악인에 대한 증오, 난 생각했다. 글렌과 간결함, 식당을 둘러보면서 난 생각했다. 우리가 원하는 것이 무엇인지 처음

---

* 예술이나 학문을 직업이 아닌 취미로 하는 경향.

부터 알아야 해, 난 생각했다. 인간이 무엇을 원하는지, 가지고 싶은 것이 무엇인지, 꼭 가져야겠다고 여기는 것이 무엇인지를 어린아이 때부터 확실히 알아야 해, 난 생각했다. 내가 데셀브룬에서 그리고 베르트하이머가 트라히에서 보낸 시간은 치명적인 시간이었어, 난 생각했다. 서로에게 찾아가 상대를 깎아내리는 일 때문에 우리는 파멸했어, 난 생각했다. 내가 트라히에 있던 베르트하이머를 방문하는 건 그친구를 방해하고 파멸시키기 위해서였듯, 베르트하이머도 똑같은 이유로 나를 방문했다. 나의 끔찍한 정신적 고통을 잠시나마 잊고 기분전환도 하고 베르트하이머를 방해할 겸 트라히에 가곤 했지, 난 생각했다. 차를 마시면서 나누었던 젊은 날의 추억, 그때 우리의 화제는 항상 글렌 굴드였지, 베르트하이머는 나를 방해하려고, 방금 시작한일을 애초에 망쳐놓으려는 속셈으로 자기가 오겠다고 통보하곤 했지, 우리가 글렌을 만나지 않았더라면 혹은 글렌이 세계적으로 명성을 떨치기전에 죽었더라면, 하고 베르트하이머가 걸핏하면 했던 얘기가 떠올랐다. 글렌 같은 인간을 만나면 끝장이 나든가 아님 구제를 받지, 난 생각했다. 우리 두 사람은 글렌 때문에 파멸했어, 난 생각했다. 뵈젠도르프로는 절대로 연주하지 않았을 거야, 뵈젠도르프로는 아무것도 이루지 못했을 거야, 라던 글렌의 말이 떠올랐다. 뵈젠도르프 연주자 대스타인웨이 연주자, 스타인웨이광 대 뵈젠도르프광, 난 생각했다. 처음부터 글렌은 자기 방에 놓여 있던 뵈젠도르프를 즉시 내보내고 스타인웨이로 바꿔달라고 했지, 난 생각했다. 나 같았으면 잘츠부르크에서 호로비츠 수업이 시작되는 시점에 그런 요구는 감히 하지 못했을 거야, 난 생각했다. 글렌은 이미 그때부터 자기 일에 대한 확신이

있었던 것이다. 뵈젠도르프는 그가 가진 콘셉트를 방해했을 것이다. 그때까지만 해도 글렌은 아직 글렌 굴드가 아니었음에도 불구하고 학교에서는 두말 않고 뵈젠도르프를 스타인웨이로 바꿔주었다. 뵈젠도르프를 가져가고 스타인웨이를 가져다준 인부들의 모습이 아직도 눈에 선해, 난 생각했다. 하지만 잘츠부르크는 피아노 연주자가 성장하기에 적합한 곳이 아니야, 라고 글렌은 곧잘 말했다. 너무 습한 날씨는 악기도 망치고 연주자도 망치지, 연주자의 손과 뇌를 단기간에 망쳐놓거든, 하지만 난 호로비츠한테 배우고 싶었어, 중요한 건 그거야, 하고 글렌은 말했다. 베르트하이머는 자기 방 커튼과 블라인드까지 쳐놓았던 반면, 글렌은 커튼도 걷어 젖히고 블라인드도 없이 연주했고, 나는 심지어 창문까지 열고 연주했다. 다행히 근처에 다른 집들이 없어서 우리에게 화낼 사람이 없었고, 그 덕분이 아니었다면 우리는 그렇게까지 연습하지 못했을 것이다. 호로비츠 수업 기간 동안 우리는 그 전해에 세상을 뜬 나치 조각가의 집을 임대했는데, 그 동네에서 대가라고 불리던 그의 작품들이 천장이 오류 미터나 되는 방 여기저기에 놓여 있었다. 높은 천장을 보고 우리는 더 생각할 것도 없이 집을 임대하기로 했으며 사방에 널려 있던, 벽 쪽으로 밀어둔 조각품들, 그러니까 수십 년 동안 히틀러를 위해 일했던 세계적으로 유명한 대리석 예술가였다는 그 사람의 투박한 작품 덩어리들은 거슬리기는커녕 오히려 우리의 음향 조건에 보탬이 되었다. 집주인은 우리의 부탁대로 그 거대한 대리석 괴물들을 벽 쪽으로 옮겨줬는데, 음향 면에서는 이상적이었어, 난 생각했다. 그 조각들을 처음 봤을 때 우리는 그 무딘 대리석과 화강암 기념비들 때문에 깜짝 놀랐다. 베르트하이머는 뒷걸음

질까지 쳤지만, 글렌은 이상적인 공간이라면서 이 기념비들이야말로 우리 목표를 달성하는 데 더할 나위 없이 이상적이라고 주장했다. 조각상들이 얼마나 무겁던지 그중에서 제일 작은 것을 셋이서 옮기다가 실패하고 말았다. 그렇다고 해서 우리가 허약했던 건 아니다. 알려진 것과 정반대로 피아노 대가들은 알고 보면 강인한 사람들이다. 오늘날까지도 허약 체질로 알려져 있는 글렌은 사실 육상선수 타입이었다. 스타인웨이 앞에 웅크리고 앉아 연주하는 모습이 불구처럼 보였기 때문에 음악계는 그를 그런 사람으로 알고 있었지만 전부 착각이었던 거야, 난 생각했다. 글렌은 가는 곳마다 불구의 몸, 허약한 자의 이미지로 그려지고, 불구라는 이미지와 함께 지극히 예민하고 전적으로 정신적인 인간으로 그려졌지만, 글렌은 사실 육상선수 타입이었으며 베르트하이머와 나를 합친 것보다 더 힘이 셌다. 우리는 글렌이 피아노치는 데 방해가 된다며 창밖의 물푸레나무를 손수 베는 걸 보고 또다시 그 사실을 확인할 수 있었다. 지름이 적어도 0.5미터는 되는 물푸레나무를 글렌이 톱으로 베었고, 우리에게는 나무도 못 만지게 했다. 혼자 장작을 패서 집 외벽 앞에 쌓아두는 걸 보고 난 그때 그가 전형적인 미국인 같다고 생각했다. 자기에게 방해가 된 물푸레나무를 베자마자 글렌은 자기 방 커튼만 치고 블라인드만 내렸어도 될 뻔했다고 생각했다. 물푸레나무를 안 베도 됐겠군, 하고 얘기했던 그를 생각했다. 우리는 곧잘 이런 물푸레나무를, 이런 수많은 정신적 물푸레나무를 베게 되지, 그 수고를 아주 간단한 손놀림만으로도 피할 수 있는데 말이야, 라고 말한 그를 생각했다. 레오폴츠크론에서 스타인웨이 앞에 앉자마자 창밖의 물푸레나무가 그에게는 거슬렸던 것이다. 주인

에게 물어보지도 않고 연장을 보관하는 헛간에서 손도끼와 톱을 꺼내 물푸레나무를 넘어뜨렸다. 괜히 물어봤다가 시간과 에너지만 낭비할 게 뻔한데, 물푸레나무를 당장 베야지, 라고 말했던 그를 생각했다. 물푸레나무를 베고 나더니 글렌은 나무를 벨 필요까지도 없이 방 안의 커튼만 치고 블라인드만 내렸어도 괜찮았을 거라는 생각을 해냈다. 글렌은 우리의 도움도 없이 넘어진 물푸레나무의 장작을 팼지, 물푸레나무가 서 있던 자리를 자기 성격대로 아주 깔끔하게 치워놨어, 난 생각했다. 우리를 방해하는 게 있으면 말이야, 그것이 물푸레나무일지라도 제거해야 해, 라고 글렌은 말했다. 물푸레나무를 베도 괜찮으냐고 물어보면 안 돼, 물어보면 약해져, 그래도 되느냐고 물어보면 우리는 너무 약해져서 불리해질 수 있어, 아니 치명적일 수도 있어, 라고 말했던 그를 생각했다. 그리고 갑자기 이런 생각도 들었다. 글렌의 애청자들, 글렌의 숭배자들은, 원래부터 허약한 예술가의 표상으로 알려져 있고 또 그렇게 유명해진 글렌 굴드가 혼자서, 그것도 끔찍한 기후 조건 속에서, 튼튼하고 건강한 지름 0.5미터 굵기의 물푸레나무를 눈 깜짝할 사이에 베고 그렇게 벤 물푸레나무 장작을 집 외벽 앞에 차곡차곡 쌓아두었다고는 상상도 못 할 거야, 글렌 숭배자들이 숭배하는 것은 환상이야, 그들은 존재하지도 않는 글렌 굴드를 숭배하고 있어, 난 생각했다. 하지만 나의 글렌 굴드는 그들의 글렌 굴드보다 훨씬 더 위대하고 훨씬 더 숭배할 가치가 있어, 난 생각했다. 우리가 임대한 집이 어느 유명한 나치 조각가의 집이었다는 얘기를 듣고 글렌은 우렁차게 웃음을 터뜨렸다. 베르트하이머도 따라 웃었지, 난 생각했다. 두 사람은 지칠 때까지 웃다가 지하실에서 샴페인 한 병을

꺼내 왔다. 글렌은 병마개를 6미터나 되는 카라라 대리석 천사의 얼굴을 향해 터뜨리고는 사방에 있는 괴물 석상들 얼굴에 샴페인을 뿌려댔고 조금 남은 것은 우리가 병째 마셨다. 그러다가 글렌이 병을 구석에 있는 황제 대리석상 머리를 향해 너무 힘차게 던지는 바람에 고개를 숙여야 했다. 글렌이 그렇게 웃을 줄 아는 사람이라는 걸 글렌의 숭배자들은 상상조차 못 할 것이다. 우리 두 사람이 아는 글렌 굴드는 그 누구보다도 힘차게 웃을 줄 알았어, 그래서 가장 진지한 사람이었지, 난 생각했다. 웃을 줄 모르는 사람은 진지한 사람이 못 돼, 글렌처럼 웃지 못하는 사람이라면 글렌만큼 진지한 사람이 아니야, 난 생각했다. 새벽 세시쯤 글렌은 완전히 녹초가 되어서 황제의 발 위에 쭈그리고 앉았지, 글렌과 〈골트베르크 변주곡〉, 난 생각했다. 자꾸 떠오르는 이미지다. 황제의 종아리에 기대어 바닥만 뚫어지게 쳐다보던 글렌. 그에게 말조차 걸 수 없었다. 새벽에 그는 자신이 다시 태어났다고 했다. 세상이 보기에는 내 머리가 예전과 같아 보일지 모르지만 난 매일 새로운 머리를 얹게 돼, 하고 그는 말했다. 베르트하이머는 이틀에 한 번꼴로 새벽 다섯시에 일어나 운터스베르크*까지 걸었는데, 다행히 운터스베르크까지 이어지는 아스팔트 길을 발견해서 거기까지 갔다가 다시 집으로 돌아왔다. 내 경우에는 아침식사를 하기 전에 집을 끼고 한 바퀴 도는 것이 고작이긴 했다. 나는 날씨가 어떻든 세수를 하기 전에 무조건 완전히 벌거벗고 한 바퀴를 돌았다. 글렌은 호로비츠 수업만 들으러 나갔다가 다시 돌아왔다. 나는 사실 자연이 싫어,

---

* 잘츠부르크 교외에 있는 높은 산.

라고 그는 늘 말했다. 나는 글렌의 그 말을 내 것으로 만들어 지금까지도 되뇌고 있으며 앞으로도 계속 되뇌겠거니 생각했다. 글렌은 자연은 내게 적대적이야, 라고 말했다. 똑같은 말을 했던 나와 관점이 같았지, 난 생각했다. 우리 인생의 특징은 끊임없이 자연에 반발한다는 점이야, 라고 글렌은 말했다. 자연이 우리보다 힘이 세기에 처음에는 자연에 반발하다가 나중에는 포기하게 되지, 우리는 주제도 모르고 우리 자신을 인공물로 만들어버렸어, 우리는 인간이 아니야, 인공물이지, 피아노 연주자는 인공물이야, 혐오스러운 인공물이지, 라고 그는 덧붙였다. 우리 인간은 자연으로부터 줄곧 도망치려 하지만 자연의 순리 때문에 그렇게 못 하잖아, 그래서 도중에 항복하는 거야, 라던 그의 말이 떠올랐다. 우리는 사실 피아노이길 원해, 인간이 아니라 피아노이길 원하지, 평생에 걸쳐 인간이 아닌 피아노이길 원해, 인간으로부터 도망쳐서 오직 피아노이길 원하지만 그건 실패할 수밖에 없는 소망이란 걸 인정하지 못하는 거야, 라고 그는 말했다. 이상적인 피아노 연주자는 (글렌은 절대로 피아니스트라는 말을 쓰지 않았다!) 피아노이기를 원하는 자야, 나조차도 매일 잠에서 깨면 마음속으로 이렇게 말해, 스타인웨이를 연주하는 인간이 아닌 스타인웨이가 되고 싶다고, 오로지 스타인웨이가 되고 싶다고, 간혹 그 이상형에 근접할 때가 있지, 거기에 너무 근접해서 벌써 미쳐버리지 않았나 싶은 생각이 들고 우리가 그토록 두려워하는 광기 속으로 걸어 들어가고 있다는 느낌이 들 때가 그렇지, 하고 그는 말했다. 글렌은 평생 스타인웨이이길 바랐고, 바흐와 스타인웨이 사이에서 음악 중개자로만 살다가 어느 날 그 둘 사이에서 마모될지 모른다는 생각에 치를 떨었다. 난 언젠가는 바

호와 스타인웨이 사이에 끼어서 마모되고 말 거야, 라던 그의 말이 떠올랐다. 나는 한평생 바흐와 스타인웨이 사이에 낀 채로 마모될까봐 두려워서 있는 힘을 다해 그런 끔찍한 사태를 면해보려고 애쓰고 있어, 라고 그는 말했다. 내가 스타인웨이가 돼서 글렌 굴드란 인간이 필요 없어진다면 정말 이상적일 텐데, 스타인웨이가 되면 글렌 굴드는 불필요한 존재가 될 텐데, 라고 그는 말했다. 하지만 스타인웨이가 되어 자기 자신을 불필요한 존재로 만든 피아노 연주자는 아무도 없어, 하고 글렌은 말했다. 어느 날 눈을 떴을 때 스타인웨이와 글렌이 일심동체가 되어 있다면, 이라던 글렌의 말이 떠올랐다. 오직 바흐를 위한 글렌 스타인웨이, 스타인웨이 글렌, 이라던 그의 말이 떠올랐다. 베르트하이머는 글렌을 그리고 어쩌면 나까지도 증오했을지 모른다. 이런 생각은 수천 번, 아니 수만 번 이상 베르트하이머와 글렌과 나 자신까지 관찰해서 얻은 것이다. 나 역시 글렌에 대한 증오심에서 자유롭지 못했지, 글렌을 매 순간 증오하기도 했지만 끝까지 사랑하기도 했지, 난 생각했다. 너무 위대한 나머지 그 위대함으로 우리를 파멸시키고 또 우리로 하여금 그런 파멸 과정을 참고 지켜보게 하다가 결국 인정하게 만드는 그런 위인보다 더 끔찍한 존재는 없으리라. 우리는 오랫동안 이런 파멸 과정을 믿지 않으려 하지만, 믿을 수밖에 없는 명백한 사실이 되고 나면 이미 늦어버린다. 베르트하이머와 나는 글렌의 성장에 필요했던 존재들이었고 글렌은 우리를 이용했던 거야, 라고 식당에서 나는 생각했다. 매사를 대할 때 글렌이 보였던 뻔뻔스러움, 이에 비해 병적이었던 베르트하이머의 망설임, 무조건 선입견부터 가졌던 내 성격을 생각했다. 글렌은 갑자기 글렌 굴드가 되어버렸으며, 베르트하이

머와 나를 포함한 모두가 글렌이 글렌 굴드가 되어버린 순간을 놓치고 말았다. 글렌은 당시 몇 달 동안 우리까지 자신의 야위어가는 과정에 끌어들였다. 우리를 호로비츠에 대한 강박증 속으로 끌고 들어갔던 거야, 난 생각했다. 나 혼자였더라면 잘츠부르크에서 두 달 반 동안이나 호로비츠 수업을 못 버텼을지도 모른다. 베르트하이머의 경우는 더 그렇다. 글렌이 없었다면 난 포기했을지도 모른다. 심지어 호로비츠도 글렌이 없었다면 지금의 호로비츠가 아니었을지도 모른다. 둘다 서로를 전제로 했으니까 말이다. 글렌만을 위한 호로비츠 수업이었어, 난 식당에 서서 생각했다. 호로비츠가 글렌을 천재로 만든 것이아니라 글렌이 호로비츠를 스승으로 만들었던 거야, 난 생각했다. 그때 글렌은 잘츠부르크에서 불세출의 천재답게 호로비츠를 이상적인스승으로 만들어 자신의 천재성을 발휘했던 거야, 난 생각했다. 몸과마음을 바쳐 음악에 입문할 게 아니라면 애초부터 시작도 하지 말아야 해, 호로비츠 수업도 마찬가지야, 라고 글렌은 자주 말했다. 하지만 그게 무슨 뜻인지는 글렌만이 알고 있었지, 난 생각했다. 글렌 같은 인간은 호로비츠 같은 인간을 만나야 해, 그것도 두 번 다시 찾아오지 않을 적기(適期)에 말이야, 적기가 아니면 글렌과 호로비츠의경우처럼 일이 성사될 수도 없지, 스승은 비록 천재가 아니었지만, 특정한 시기에 만난 천재 제자에 의해 천재적인 스승이 되었던 거야, 난생각했다. 하지만 호로비츠 수업의 진짜 희생자는 내가 아니라 베르트하이머였어, 글렌만 없었다면 그 친구는 분명히 탁월한 피아노 대가, 아마도 전 세계적으로 명성을 떨치는 피아노 대가가 됐을 거야, 난 생각했다. 베르트하이머는 그해 호로비츠 수업을 듣겠다고 잘츠부

르크에 갔다가 호로비츠가 아닌 글렌에 의해 파멸당하는 일생일대의 실수를 범했어, 난 생각했다. 베르트하이머는 피아노 대가가 되기를 원했지, 나는 그런 걸 원한 적이 없고 말이야, 난 생각했다. 피아노 대가의 경지라는 건 나에게는 도피처였을 뿐이야, 시간을 끌려는 작전이었지만 도대체 무엇을 위한 시간 끌기 작전이었는지는 여전히 모르겠어, 베르트하이머는 피아노 대가가 되기를 원했지만 나는 원하지 않았지, 난 생각했다. 글렌은 베르트하이머를 찍은 거야, 난 생각했다. 글렌이 몇 소절밖에 연주하지 않았는데도 베르트하이머는 그때 벌써 포기할 생각을 했다. 그때의 일을 난 아직도 선명하게 기억해, 베르트하이머가 호로비츠 수업이 열리는 모차르테움 2층 교실로 들어와 글렌의 연주를 듣더니 자리에 앉지도 못하고 문가에 달라붙은 사람처럼 서 있던 모습, 앉으라는 호로비츠의 말에도 불구하고 글렌이 연주하는 내내 앉지 못하더니 글렌이 연주를 마치고 나서야 겨우 앉아 말없이 눈만 감고 있던 그의 모습이 아직도 눈에 선해, 난 생각했다. 좀 격한 표현을 쓰자면 그때 그는 끝장난 셈이었다. 베르트하이머의 대가의 길은 끝이 났던 것이다. 누군가의 강요에 의한 것도 아니고 우리가 원해서 선택한 악기를 공부한 지 10년이나 되었지만, 그토록 고달프고 칙칙한 10년 세월을 보내왔지만, 한 천재가 몇 소절 연주한 것으로 우리는 끝장난 거지, 난 생각했다. 베르트하이머는 수십 년 동안 그 사실을 인정하지 않았다. 하지만 글렌의 연주 몇 소절로 베르트하이머는 끝장난 거야, 난 생각했다. 하지만 나는 아니다. 왜냐하면 글렌을 만나기 전부터 피아노를 그만두겠다는 생각을, 내 노력이 참 허무하다는 생각을 하고 있었기 때문이다. 어딜 가도 제일 잘하는 사

람은 나였고 내가 최고라고 지지해주던 사람들이 있었고, 그런 상황에 익숙했던 나였지만, 그만둬야겠다는 생각을 하고 있었다. 최상급에 속한다는 것만으로 만족할 수 없었고 최고가 될 수 없다면 아무것도 되고 싶지 않았다. 그래서 피아노를 그만두고 스타인웨이를 알트뮌스터에 사는 교사의 딸에게 줘버렸지, 난 생각했다. 베르트하이머는 피아노 대가가 되는 길에 모든 것을 걸었지만, 나는 대가가 되는 일에 아무것도 걸지 않았다. 그게 우리 두 사람의 차이였다. 즉 베르트하이머는 글렌이 연주한 그 몇 소절 때문에 치명상을 입었지만 나는 아니다. 최고가 될 수 없다면 아무것도 되지 않겠다는 것이 내 신념이었고, 모든 면에서 그랬다. 그래서 결국 프라도 거리의 완전한 익명성에, 무의미한 저작 활동에 이르게 된 것이다. 내가 아는 한 베르트하이머는 고령의 노인네가 되어 쓰러질 때까지, 올해에도 그다음 해에도 자신이 대가임을 끊임없이 새롭게 입증해야 하는 피아노 대가가 되는 것이 목표였다. 그랬던 목표가 글렌이 연주한 〈골트베르크 변주곡〉 몇 소절 때문에 아예 변해버렸던 것이다. 베르트하이머가 글렌의 연주를 들은 건 필연적이었어, 글렌에 의해 파멸을 당한 건 필연적이었어, 난 생각했다. 그때 잘츠부르크로 가서 호로비츠한테 배우겠다고 하지만 않았어도 난 바랐던 바를 이룩했을 거야, 하고 베르트하이머는 곧잘 말했다. 하지만 베르트하이머가 잘츠부르크로 가서 호로비츠 수업을 등록한 건 '필연적'이었다. 우리는 파멸을 당하고도 포기할 줄 모르지, 베르트하이머가 좋은 예야, 그 친구는 글렌에 의해 파멸을 당하고도 오랫동안 포기하지 않았잖아, 난 생각했다. 뵈젠도르프와 절교하겠다는 것도 자기 뜻이 아니었지, 내가 먼저 스타인웨이를 선물

로 줘버리고 나서야 베르트하이머도 자신의 뵈젠도르프를 경매로 팔아버릴 수 있다는 사실에 눈을 떴지, 뵈젠도르프를 결코 선물로 내놓지는 않았을 거야, 뵈젠도르프를 도로테움 경매장에서 판 것도 참 그 친구답군, 난 생각했다. 나는 스타인웨이를 선물로 줘버리고 베르트하이머는 뵈젠도르프를 경매를 통해 팔고, 무슨 말을 더 보태겠어, 베르트하이머의 모든 것은 그 자신으로부터 나온 게 아니야, 난 속으로 중얼거렸다. 베르트하이머는 항상 남을 모방하기만 했어, 내가 하는 걸 전부 따라했고 나의 실패마저도 그대로 모방했어, 난 생각했다. 그래도 자살만큼은 자신의 결정이었고 전적으로 자신으로부터 나온 거군, 난 생각했다. 그렇다면 승리의 쾌감을 맛보았을 수도 있겠지, 어쩌면 본인이 선택한 자살이었기 때문에 모든 면에서 나를 추월한 걸지도 모르겠군, 난 생각했다. 나약한 자들은 결국 나약한 예술가밖에 못 돼, 난 속으로 중얼거렸다. 베르트하이머가 그걸 여지없이 보여주었잖아, 난 생각했다. 베르트하이머는 천성적으로 글렌과 정반대였어, 베르트하이머한테는 예술관이라는 게 있었지, 글렌에게는 그런 것 따위는 필요 없었어, 베르트하이머는 자꾸 질문을 해댔지만 글렌은 질문이란 걸 아예 안 했지, 글렌이 질문하는 걸 본 적이 없어, 난 생각했다. 베르트하이머는 혹시라도 무리할까봐 걱정했지만 글렌은 무리할지 모른다는 생각조차 하지 않았다. 베르트하이머는 사과할 일이 전혀 아닌데도 툭하면 사과했지만 글렌의 사전에는 사과라는 단어가 없었다. 우리 입장에서 볼 때 사과할 일이 수두룩했던 글렌은 막상 사과를 한 적이 없었다. 베르트하이머는 남들이 자기에 대해 무슨 생각을 하는지 알고 싶어 했지만 글렌은 그런 시선 따위에 전혀 가치를 두

지 않았다. 그건 나도 마찬가지였는데, 나도 글렌처럼 주위에서 나를 어떻게 생각하는지에는 늘 무관심했다. 베르트하이머는 침묵을 위협으로 느끼기 시작하면서부터 할 말이 없어도 떠들어댔지만 글렌은 아주 오랜 시간 침묵했고 나도 글렌처럼 몇 주씩까지는 아니어도 며칠씩 침묵하곤 했다. 사람들이 자기를 존중하지 않으면 어쩌나 두려웠던 나머지 우리의 몰락하는 자는 수다스러워졌어, 난 생각했다. 그건 아마 베르트하이머가 당시에도 이미 트라히에 있든 빈에 있든 의지할데가 전혀 없었기 때문일 텐데, 빈을 누비고 다니면서도 여동생과 얘기를 나누지 않았다고, 동생과는 아예 대화라는 게 안 통한다고 자기 입으로 말했다. 재산 관리는 베르트하이머가 뻔뻔스럽다고 했던 관리인들에게 맡겼고 그들과는 서신으로만 왕래했다. 그런 면에서 베르트하이머도 전적으로 침묵할 줄 아는 사람이었고 글렌과 나보다 훨씬 더길게 침묵할 줄 알았던 거지, 하지만 우리와 함께 있을 때는 떠들 수밖에 없었던 거야, 난 생각했다. 가장 물이 좋다는 시내 중심가에 거처를 두었던 그 친구는, 기관차 공장 때문에 유명해진 노동자들의 동네 플로리츠도르프와 카그란, 빈민가 중에서도 가장 궁핍한 사람들이 사는 카이저뮐렌이나 알저그룬트, 오타크링까지 걸어다니는 것을 즐겼는데 참 괴상한 짓이라는 생각이 들었다. 돌아다니면서 남의 눈에 띄지 않으려고 그 친구는 허름한 옷을 걸친 노동자로 변장하고 몰래 뒷문으로 나갔지, 난 생각했다. 몇 시간씩이나 플로리츠도르프의 다리 위에 서서 지나가는 행인들을 구경했고, 화학 폐수 때문에 이미 망가져버린 도나우 강의 구정물이나 들여다봤는데, 강에는 흑해로 향하는 러시아와 유고슬라비아의 화물선이 떠다녔다. 그럴 때 베르트하이

머는 부잣집에 태어난 것이야말로 자기의 가장 큰 불행이 아닌가 싶다고 했지, 난 생각했다. 자기는 1구보다 플로리츠도르프나 카그란에 있으면 훨씬 마음이 편하고, 사실 처음부터 증오스러웠던 1구 사람들보다 플로리츠도르프나 카그란 사람들 가운데 있을 때 훨씬 더 마음이 편하다는 것이었다. 베르트하이머는 프라하 거리와 브뤼너 거리에 있는 식당에서 식초소스를 곁들인 소시지와 맥주를 시켜놓고는 몇 시간씩 앉아 사람들 얘기에 귀를 기울이고 그들을 관찰했다. 더 이상 숨쉬기 힘들어 밖으로 나갈 수밖에 없을 때까지 앉아 있다가 다시 걸어서 귀가했었지, 난 생각했다. 하지만 베르트하이머는 자기가 플로리츠도르프나 카그란, 또는 알저그룬트의 사람이었으면 더 행복했을 거라고 믿는 것 역시 착각에 지나지 않는다고, 그 사람들 성격이 1구 사람들의 성격보다 더 낫다고 믿는 건 착각이라고 했지, 난 생각했다. 좀 더 자세히 들여다보면 최하층민이나 빈민자나 모자란 이들도 태어날 때부터 인격이 부족하고 역겹기는 마찬가지며, 살아온 환경이 비슷하다는 이유로 우리가 더 혐오하는 작자들 못지않게 멀리해야 할 존재들이라는 것이다. 저소득층 족속도 고소득층 족속 못지않게 위험해, 라고 베르트하이머는 말했다. 고소득층 족속과 똑같이 못됐고, 다른 족속과 똑같이 멀리해야 할 존재들이며, 고소득층 족속들과 다르긴 해도 똑같이 못됐다고 했지, 난 생각했다. 지성인이라고 일컬어지는 사람은 지성주의라는 것을 혐오하며, 빈민이나 최하층민이라 불리는 자들을 통해 구원을 얻으려고 하지, 옛날에는 **상처 받은 사람들**이라고 불렸던 자들을 통해서 말이야, 하지만 거기서 구원을 얻기는커녕 끔찍한 것만 만나게 돼, 라고 베르트하이머가 했던 말을 생각했다. 스

무 번, 서른 번 정도 플로리츠도르프라든가 카그란에 다녀온 뒤 내가 착각에 빠져 있었다는 걸 깨닫고는 그럴 바엔 차라리 브리스틀에 가서 내 족속이나 비난하기로 했지, 라고 베르트하이머는 곧잘 말했다. 우리는 자신에게서 거듭 도망치려고 하지만, 그런 시도는 실패할 수밖에 없으며 정말 도망치려면 죽는 길밖에 없음을 끝내 인정하지 않지, 그래서 거듭 뒤통수를 얻어맞는 거야. 결국 베르트하이머는 조금은 지저분한 방식으로 자신에게서 도망쳤군, 난 생각했다. 일흔 살, 늦어도 일흔한 살이 되면 그만두는 거야, 그가 언젠가 이렇게 말한 적이 있었다. 그 친구는 막바지에 자신을 **존중했던** 거야, 난 생각했다. 대학교 복도를 걸어가는 학우를 관찰하다 우리는 그 학우에게 말을 걸고 평생 우정이라는 걸 맺게 된다. 처음에는 각자 자신의 발전을 위해 시작한 계산적인 우정이라 여겼기 때문에 평생 우정이 지속되리라고는 미처 생각지 못했지만, 그렇다고 해도 우리가 말을 건 사람은 그 순간만큼은 유일한 적임자이지, 난 생각했다. 왜냐하면 모차르테움에 다닌 학우들과 그때 호로비츠 수업을 같이 들었던 많은 학우들한테 말을 걸 수 있는 기회가 수백 번은 있었는데도 하필이면 베르트하이머한테 말을 걸었지, 우리 둘은 전에 빈에서 만나 얘기를 나눈 적이 있다고 말했고, 베르트하이머도 그걸 기억하고 있었지, 난 생각했다. 베르트하이머는 나처럼 모차르테움에서 공부하지 않고 주로 빈 아카데미에서 공부했는데, 모차르테움 쪽에서 보면 빈 아카데미가 늘 더 나은 학교였고 반대로 빈 쪽에서 보면 모차르테움이 늘 더 쓸모 있는 교육기관으로 여겨졌지, 난 생각했다. 학생들은 자기 학교를 실제보다 더 낮게 평가하고 경쟁 학교를 부러워하는데, 특히 음대생들은 경쟁

학교를 더 높이 평가하는 것으로 유명하지, 빈에서 공부하는 음대생들은 늘 모차르테움이 더 낫다고, 모차르테움에 다니는 학생들은 빈 아카데미가 더 낫다고 믿었어. 사실 빈 아카데미나 모차르테움은 예나 지금이나 똑같이 실력 있거나 똑같이 실력 없는 교수들이 교편을 잡고 있지, 중요한 건 학생이 그런 교수들을 자기 목표를 위해 얼마나 잘 이용해먹을 줄 아는가지, 교수들의 수준조차도 중요하지 않아, 우리 자신이 중요한 거야, 왜냐하면 실력 없는 교수라 해도 천재들을 거듭 배출해냈고 그 반대로 실력 있는 교수라 해도 천재들을 망쳐놓곤 했으니까, 난 생각했다. 호로비츠는 명성이 자자했고 우리는 그런 그를 찾아갔던 거야, 난 생각했다. 하지만 글렌 굴드에 관해서는 아는 것이 없었지, 그가 우리에게 어떤 의미인지를 말이야. 글렌 굴드 역시 다른 학생들과 다를 바 없었는데 처음에는 버릇이 좀 이상하게 든 학생이었다가 나중에는 금세기 최고의 재능을 가진 자가 되었지, 난 생각했다. 베르트하이머한테 그랬던 것만큼 호로비츠 수업이 나한테 재앙이었던 것은 아니다. 베르트하이머는 글렌을 감당하기에는 너무 약했다. 그런 면에서 베르트하이머는 호로비츠 수업에 등록함으로써 인생의 덫에 걸려든 셈이야, 난 생각했다. 글렌의 연주를 처음 들었을 때 찰칵 하고 그 덫에 걸리고 만 거야, 난 생각했다. 베르트하이머는 그 덫으로부터 평생 헤어나오지 못했지, 베르트하이머는 그냥 빈에 있으면서 빈 아카데미나 다녔어야 해, 호로비츠라는 말이 그 친구를 파멸시킨 거야, 난 생각했다. 그를 파멸시킨 당사자는 글렌이었지만 호로비츠라는 이름도 그를 우회적으로 파멸시켰어, 난 생각했다. 우리가 미국에 갔을 때 나는 글렌한테 자네가 베르트하이머를 파멸시킨 거라고

말했지만 글렌은 내 말을 이해하지 못했다. 그 후로는 그런 생각으로 그를 귀찮게 하지 않았다. 베르트하이머는 마지못해 미국에 따라갔으며, 사실은 글렌처럼 자신의 예술주의를—베르트하이머는 정말 예술주의라는 말을 썼다—강행하는 사람, 천재가 되기 위해 자신의 인격까지 파멸시키는 예술가들은 아주 치가 떨린다고 여행 중에 자꾸 말했다. 글렌 같은 사람들은 스스로를 예술 기계로 만들어서 인간과는 더 이상 공유하는 것도 없을뿐더러 아주 가끔씩만 자신이 인간이었음을 기억할 뿐이라고 베르트하이머는 말했지, 난 생각했다. 하지만 글렌의 예술주의를 존경하기는커녕 순순히 인정할 능력조차 없었던 베르트하이머는 글렌을 부러워했어, 나 또한 존경이라는 걸 할 만한 능력이 없었고, 지금도 없지, 뭔가를 존경해본 적은 없지만 살면서 많은 것에 감탄했고, 또 누가 뭐라 해도 예술가의 인생이라 부를 수 있을 내 인생에서 가장 큰 감탄의 대상은 글렌이었는데, 감탄 속에서 그 친구의 성장을 지켜봤고 감탄 속에서 그 친구를 거듭 경험했고 그 친구의 해석을 수용했지, 난 생각했다. 나는 언제나 충분히 감탄할 줄 알았고 그 누구도, 그 어떤 것도 내 감탄을 막지는 못했지, 난 생각했다. 자신이 글렌 굴드였으면 하고 바랐던 베르트하이머와 달리 나는 글렌 굴드이기를 바란 적이 없어, 나는 언제까지나 그저 나 자신이기를 바랐던 반면 베르트하이머는 평생 계속되는 절망에 이를 정도로 다른 사람이기를, 즉 자기가 봤을 때 삶이 순탄하고 잘 풀리는 사람이기를 원했어, 난 생각했다. 베르트하이머는 글렌 굴드이길 원했고 호로비츠이길 원했고, 구스타프 말러나 알반 베르크이길 원했어, 절망하지 않으려면 **스스로를 유일무이한 존재로 여기고** 또 그래야만 하는데 베르

트하이머는 그럴 줄 몰랐던 거야, 난 생각했다. 사람은 그 누가 됐든 유일무이한 존재라고 난 끊임없이 혼잣말로 중얼거렸고 그렇게 함으로써 살아남았다. 베르트하이머한테는 그런 정신적 지주가 없었다. 즉 자신을 유일무이한 존재로 바라볼 생각조차 못 했던 건 그런 조건을 조금도 갖추지 못했기 때문이야, 모든 사람은 유일무이하며 그 자체만 놓고 본다면 인간은 유례가 없는 최고의 예술작품이야, 라고 난 생각했다. 베르트하이머에게는 그런 생각을 할 마음의 여유가 없었기 때문에 항상 글렌 굴드이기를 원했거나 구스타프 말러나 모차르트 혹은 다른 친구들이기를 원했던 거야, 난 생각했다. 그게 베르트하이머를 계속해서 불행하게 만들었어, 꼭 천재여야 유일무이한 존재가 되는 것도, 자기가 유일무이하다는 것을 인식할 수 있는 것도 아니지, 난 생각했다. 베르트하이머는 언제나 **모방자**였어, 자기보다 여건이 유리하다 싶은 사람만 보면 무조건 따라했는데, 지금 와서 생각해보면 그는 기본적 조건을 갖추지 못했음에도 꼭 예술가이길 바랐기 때문에 재앙을 자초한 거야, 난 생각했다. 그의 불안, 가만히 있지 **못하고** 걷고 또 걷고, 뛰고 또 뛰었던 것도 전부 그 때문이야, 난 생각했다. 그래서 자기 불행에 대한 불만을 여동생한테 풀었지, 수십 년 동안 여동생을 못살게 굴고 자신의 생각을 동생에게 강요하고 꼼짝도 못하게 했던 거야, 난 생각했다. 대학생들도 미리 전문적인 연주자 활동에 익숙해질 수 있도록 빈 홀에서 정기적으로 열리는 **연주의 밤**에서 우리 둘이 함께 무대에 선 적이 있다. 네 **손을 위한 브람스**. 그때 베르트하이머가 연주하는 내내 고집을 굽히지 않는 바람에 우리의 연주를 망쳐놓았다. 지금 생각해보면 아주 의도적으로 망쳐놓았던 거다. 연주회가 끝

나자 그 친구답게 미안해, 한마디가 고작이었다. 베르트하이머는 협연에 어울리는 성격이 아니었지, 그는 **실력**을 과시하려 했지만 그렇게할 수 없어서 연주회를 망쳐놓았던 거야, 난 생각했다. 베르트하이머는 평생 자기 뜻만 고수하려 했지만 그 어떤 관계에서나 그 어떤 일에서도 그러질 못했다. 그러니 자살할 수밖에 없었지, 난 생각했다. 글렌은 자살할 필요가 없었겠지, 자기 뜻을 관철시키기 위해 고집을 피울 필요가 없었던 것이, 언제 어디서나 어떤 일에서든 자기 뜻을 관철시켰기 때문이지, 난 생각했다. 베르트하이머는 조건이 안 되는데도늘 욕심을 냈지, 난 생각했다. 글렌은 모든 면에서 조건을 갖추고 있었다. 내 경우는 어땠는지 별로 논하고 싶지 않지만, 나도 여러모로조건이 되었다. 하지만 나는 나태하고 오만한 데다 게으르고 싫증을잘 냈기 때문에 일부러 그런 조건들을 무시했던 거지, 난 생각했다. 하지만 베르트하이머는 조건도 안 되는 주제에 일을 벌이곤 했다. '터무니없이' 말이다. 단, 베르트하이머는 불행한 인간이 되기 위한 조건만큼은 전부 갖추고 있었다. 그런 점에서, **나야말로** 자살할 거라던 베르트하이머의 잦은 예언에도 불구하고 글렌이나 내가 아닌 베르트하이머가 자살했다는 건 그다지 새삼스러운 일도 아니다. 하지만 베르트하이머 말고 **다른 사람들**도 내가 언젠가는 자살하리라고 믿는 눈치였다. 중요한 얘길 하자면, 베르트하이머가 모차르테움의 여느 사람보다 연주를 잘했던 건 사실이다. 하지만 글렌의 연주를 듣고 난 뒤로베르트하이머는 자신의 실력에 더 이상 만족하지 못했다. 베르트하이머의 연주 수준은 유명해지겠다고 마음만 먹으면 누구나 도달할 수있는 수준이었다. 몇십 년 동안 피아노에 공을 들이면 대가의 수준에

도달할 수 있겠지만, 베르트하이머 같은 사람은 글렌 굴드의 연주를 듣게 되면 실패하고 말지, 난 생각했다. 베르트하이머의 장례식은 30분도 채 걸리지 않았다. 처음에는 짙은색 양복을 입고 장례식에 참석하려다가 그냥 지금 차림 그대로 가기로 결심했다. 항상 복장 규정 따위를 혐오했던 내가 갑자기 장례식 복장 규정을 지킨다는 게 우스꽝스럽게 여겨졌기 때문에 여행길에 나섰을 때 입었던 일상복 차림으로 장례식에 참석했다. 처음에는 걸어서 쿠어 공동묘지에 갈 생각이었으나 결국 택시를 타고 정문 앞에 세워달라고 했다. 혹시 몰라서 이제는 성이 두트바일러로 바뀐 베르트하이머의 여동생이 보낸 전보를 챙겨 갔는데, 거기에 정확한 장례식 시간이 적혀 있었기 때문이다. 베르트하이머가 당장에 아프다거나 생명을 위협하는 병에 걸렸다는 얘기는 들어보지 못했던 터라 불의의 사고였을 거라고, 쿠어에서 자동차에 치였을지도 모른다고 생각했지 자살했으리라고는 상상조차 못 했다. 하지만 처음 소식을 들었을 때 자살이라는 생각부터 떠올렸어야 했다. 두트바일러 부인이 전보를 마드리드로 보내지 않고 빈 주소로 보내왔다는 점이 좀 의아했다. 내가 마드리드가 아니라 빈에 있다는 걸 베르트하이머의 여동생은 어떻게 알았을까, 난 생각했다. 마드리드로는 연락이 안 되니 빈으로 연락을 해야 된다는 걸 그녀가 어떻게 알았는지는 지금도 모르겠군, 난 생각했다. 베르트하이머가 자살하기 전에 동생과 연락하면서 지냈을지도 모르겠군, 난 생각했다. 내가 마드리드에 있을 때 연락을 받았더라면 일이 더 번거로웠을지 몰라도 난 쿠어까지 갔을 거야, 난 생각했다. 취리히에서 쿠어까지는 교통이 편리하니까 사실 복잡할 것도 없었겠지. 벌써 몇 년째 팔려고 내놓은 빈

의 아파트는 적임자를 찾지 못해 아직도 가지고 있는데, 이번에 집을 보여준 사람들 중에도 적임자는 없었다. 내가 요구하는 값을 내지 않으려 한다든가 아님 다른 이유 때문에 제외됐다. 빈에 있는 아파트를 있는 그대로, 그러니까 안에 있는 것까지 몽땅 팔겠다는 것이어서 매입자들이 나와 뭔가 좀 맞아야 하는데 '나와 맞는' 사람이 한 명도 없었다. 게다가 지금처럼 어려운 시기에 빈에 있는 아파트를 내놓는다는 건 어처구니없는 짓이 아닐까 싶었다. 형편이 어려워서 꼭 팔아야 하는 게 아니면 지금 같은 때에 집을 내놓을 사람은 아무도 없지, 게다가 난 아파트를 팔아야 할 만큼 형편이 어려운 것도 아니잖아, 라고 난 생각했다. 그동안은 데셀브룬에 집이 있으니까 빈에 있는 아파트는 필요 없다고 생각해왔고, 이제 마드리드에 정착했으니 빈으로 돌아갈 계획은 조금도 없다고 항상 생각해왔지만, 내 집을 사겠다는 사람들의 끔찍한 얼굴을 보니 빈에 있는 집을 팔아야겠다는 마음이 싹 달아났다. 장기적으로 볼 때 데셀브룬의 집만으로는 부족해, 데셀브룬의 집과 빈의 집을 다 가지고 있는 것이 데셀브룬의 집만 가지고 있는 것보다 훨씬 좋지, 데셀브룬으로 돌아갈 생각도 없지만 거기 있는 집 역시 안 팔 거야, 난 생각했다. 빈에 있는 아파트도 데셀브룬에 있는 집도 안 팔 거야, 그동안 데셀브룬 집을 방치했듯이 빈에 있는 아파트도 방치할 거야, 아니 벌써 방치하고 있는 셈이지, 하지만 빈도 데셀브룬도 안 팔 거야, 나는 안 그래도 되니까, 솔직히 데셀브룬과 빈의 집을 팔지 않아도 될 만큼 여유가 있잖아, 팔면 멍청이가 되는 거야, 난 생각했다. 지금대로 놔두면 나에게는 빈도 있고 데셀브룬도 있는 거잖아, 빈이나 데셀브룬의 집에서 살 생각은 없지만, 비상시를

대비해 보유할 작정이고, 둘 중에 한 곳이 없다거나 둘 다 없는 것보다 그냥 그대로 가지고 있는 것이 나한테 더 큰 자유를 의미해, 난 생각했다. 새벽 다섯시에 장례식을 치른다는 건 그 장례식이 어떤 식으로든 이목을 끌지 않기를 바란다는 거지, 두트바일러 부인이나 쿠어의 공동묘지 관리사무소 측이나 베르트하이머의 장례식으로 인해 이목을 끌고 싶지 않겠지, 난 생각했다. 베르트하이머의 여동생은 오빠의 장례식이 임시 장례식일 뿐, 나중에 오빠의 시신은 빈으로 운구되어 되블링 공동묘지의 가족 납골당에 안치될 거라고 했다. 그러나 지금 당장 오빠의 시신을 옮긴다는 건 불가능하다고 했는데 그 이유는 밝히지 않았지, 난 생각했다. 베르트하이머 가족의 납골당은 되블링 공동묘지에서 규모가 제일 큰 납골당에 속하지, 난 생각했다. 베르트하이머의 여동생, 그러니까 두트바일러 부인은 가을쯤에 납골당에 안치할지도 모른다고 했지, 두트바일러 양반은 모닝코트 차림이었어, 그 양반은 베르트하이머의 여동생을 쿠어 공동묘지의 맨 끝자락, 그러니까 쓰레기장과 맞닿은 곳에 파놓은 구덩이 쪽으로 인도했지. 모두가 침묵을 지키는 가운데 장의사들이 베르트하이머가 누워 있는 관을 꽤나 잽싸고 능숙하게 구덩이 속으로 내려보냈기 때문에 장례식은 20분도 채 걸리지 않았다. 상조회사 직원으로 짐작되는, 아니 상조회사 사장이었을지도 모르는 검정색 복장의 남자가 추도사를 하려고 했지만 시작도 하기 전에 두트바일러 양반이 그의 말을 막았지, 난 생각했다. 나는 살아생전 그래 본 경험이 없어서 도저히 꽃을 준비해 갈 수가 없었다. 두트바일러 부부까지 꽃을 가져오지 않은 탓에 더욱 우울한 노릇이었다. 자기 오빠 장례식에는 꽃이 어울리지 않는다고 생각했기

때문이 아닌가 싶었다. 꽃 한 송이 없는 장례식의 분위기는 끔찍했지만 이 자리에 꽃이 어울리지 않는다는 생각은 옳았다. 두트바일러 양반이 관에 흙을 덮기도 전에 장의사들에게 지폐를 두 장씩 건네주는 역겨운 광경을 보였지만 장례 절차와 잘 어울렸다. 베르트하이머의 여동생은 구덩이를 들여다봤지만, 그녀의 남편이나 나는 들여다보지 않았다. 나는 두트바일러 부부를 따라 공동묘지를 빠져나왔다. 정문 앞에서 부부는 나를 점심식사에 초대했으나 사양했다. 지금 여관에 서서 생각해보니 옳지 못한 결정이었던 것 같다. 아마 그 두 사람으로부터, 특히 베르트하이머의 여동생으로부터 중요하고 유용한 정보들을 알아낼 수도 있었을 텐데, 하고 나는 생각했다. 그렇게 인사를 나눈 뒤에 보니 어느새 나 혼자였다. 쿠어에는 더 이상 관심이 없어져서 역으로 가 다음 빈행 기차를 탔다. 장례식에 참석하고 나서 한동안 땅속에 묻힌 사람에 대해 골똘히 생각한다는 건, 더구나 그 사람이 우리와 수십 년의 우정으로 맺어진 친구였다면 그것은 더더욱 자연스러운 일이다. 그리고 학우란 우리가 어떻게 살고 있는지 **가장** 잘 아는 증인이기 때문에 언제 봐도 각별한 인생의 동반자이자 실존의 동반자, 라고 난 생각했다. 기차를 타고 북스와 오스트리아 국경을 넘는 동안 베르트하이머에 대한 생각에만 골똘히 잠겨 있었다. 그 친구는 정말로 막대한 재산가의 아들로 태어났지만 그 재산을 가지고 무엇을 해야 할지 몰랐고 그 재산 때문에 늘 불행했다는 점을 떠올렸다. 그의 부모님은 그로 하여금 '현실에 눈뜨게 하는 데' 실패했다. 아이를 우울하게 만든 사람들은 다름 아닌 그의 부모였다고 난 생각했다. 난 우울한 어린 시절을 보냈어, 라고 베르트하이머는 늘 말했다. 난 우울한 십대를 보

냈어, 난 우울한 대학 시절을 보냈어, 나를 우울하게 만든 아버지, 나를 우울하게 만든 어머니, 나를 우울하게 만든 교사들, 나를 줄곧 우울하게 만든 환경. 내가 보기에 그들(부모와 교육자들)은 베르트하이머에게 정서적 상처만 주었으며 그의 이성까지도 마비시켜버렸다. 부모님이 그에게 보금자리를 내주지 않았거나 못했기 때문에 그가 보금자리라는 것을 가져본 적이 없다고, 여전히 식당에 선 채로 난 생각했다. 베르트하이머의 가족은 가족이 아니었기 때문에 베르트하이머가 항상 가족 얘기를 했었던 거라고 난 생각했다. 결국 그가 부모님을 가장 증오했으며 부모님을 파괴자나 박멸자라고 불렀던 것이 떠올랐다. 차를 타고 가던 부모님이 브릭센 근처 협곡 아래로 추락해 돌아가시자 베르트하이머는 나를 포함한 모든 사람들이 그에게 정나미가 떨어질 정도로 고약하게 굴었고, 유일하게 곁에 남았던 여동생을 파렴치한 방식으로 독차지했지, 난 생각했다. 다른 사람에게는 늘 모든 것을 요구했지만 정작 자기는 아무것도 주지 않았지, 난 생각했다. 뛰어내리겠다며 여러 번 플로리츠도르프 다리로 갔지만 정작 뛰어내리지는 못했고, 피아노 대가가 되려고 음악을 전공했지만 피아노 대가는 되지 못했으며, 본인 말대로 결국 정신과학으로 도망쳤지만 정신과학이라는 것이 뭔지도 몰랐다고 했다. 그는 한편으로는 자기 가능성을 과대평가했고 다른 한편으로는 과소평가했다고 생각했다. 나한테도 준 것보다는 요구한 것이 더 많았다고 생각했다. 다른 사람들에게 뭔가를 요구할 때처럼 나에게 뭔가를 요구할 때도 그 기대치가 너무 높았고 그래서 실현될 리 없는 그의 요구 때문에 그는 늘 불행할 수밖에 없었다는 생각이 들었다. 베르트하이머는 태어날 때부터 불행한 사람이었으

며 본인도 그 사실을 알고 있었지만, 불행한 사람들이 으레 그렇듯, 다른 사람들은 멀쩡하게 사는데 왜 자기만 이렇게 불행해야 하느냐며 불만을 표시했다. 그럴수록 기분이 저조해져서는 절망의 수렁에서 헤어나오지 못했어. 글렌은 행복한 사람이야, 나는 불행한 사람이고, 라고 그는 곧잘 말했는데 그럴 때마다 나는 베르트하이머가 불행한 건 사실이지만, 그렇다고 글렌이 행복하다고 할 수도 없다고 대꾸했다. 이런저런 사람이 불행하다는 말은 항상 맞는 말이지만, 이런저런 사람이 행복하다는 건 절대 맞는 말이 아니야, 난 생각했다. 하지만 베르트하이머의 눈에는 글렌 굴드가 항상 행복한 인간으로 보였고 나도 그렇게 보였다는 건 그에게서 여러 차례 들어 알고 있지, 난 생각했다. 자기를 가장 불행한 사람으로 여겼던 베르트하이머는 늘 나보고 행복하겠다며 비아냥거렸다. 하지만 베르트하이머는 불행하기 위해, 자기가 말하는 그런 불행한 사람이 되기 위해 별짓을 다했다고 난 생각했다. 그의 부모님은 아들을 행복하게 해주려고 최선을 다했지만 베르트하이머는 항상 부모님을 밀쳐냈고, 그를 행복하게 해주려던 여동생마저도 밀쳐냈다. 베르트하이머는 자기가 불행에 사로잡혀 살고 있다고 믿었지만 아무도 그렇게만은 살 수 없듯이 그 친구 역시 불행하기만 했던 것은 아니다. 이를테면 호로비츠 수업을 듣는 동안 그 친구가 행복해하던 모습과, 나나 글렌과 산책할 때 행복해하던 모습, 내가 관찰한 바에 의하면 레오폴츠크론에서 혼자 있을 때도 행복한 줄 알았던 친구야, 난 생각했다. 하지만 이 모든 것은 글렌이 〈골트베르크 변주곡〉을 연주하는 것을 듣고 난 뒤로 끝장나버렸으며 그 뒤로 베르트하이머는 그 작품을 연주할 엄두조차 못 냈다. 나는 글렌 굴드보

다 훨씬 전에 〈골트베르크 변주곡〉에 도전한 적이 있으며, 베르트하이머처럼 그 작품을 두려워하지 않았다. 베르트하이머는 〈골트베르크 변주곡〉 연주를 항상 나중으로 미뤘지, 난 생각했다. 나는 〈골트베르크 변주곡〉이 그토록 어려운 작품이라는 이유 때문에 쩔쩔맨 적도, 너무나 뻔뻔한 작품이라는 사실 때문에 골머리를 앓은 적도 없었으며, 호로비츠 수업을 듣기 몇 년 전에 도전을 감행해봤다. 당연히 곡을 외워서 연주했고 또 명성 있는 사람들에게도 뒤지지 않는 수준이었지만, 내가 바랐던 수준에는 미치지 못했다. 베르트하이머는 언제나 겁이 많았으며 바로 그런 이유 때문에도 피아노 대가의 길을 걷기에는 부적합했다. 피아노 대가의 길을 가려면 그 어떤 것도 그 누구도 무서워해서는 안 돼, 난 생각했다. 대가, 그것도 세계적인 대가는 무엇도 두려워해서는 안 돼, 어느 분야의 대가이든 간에 말이야, 난 생각했다. 베르트하이머는 겁 많은 게 항상 눈에 보였고 그것을 숨기지도 못했다. 그의 계획은 무산될 수밖에 없었어, 또 실제로도 그렇게 무너졌고, 난 생각했다. 게다가 예술가가 되겠다는 계획이 무너진 방식조차 그의 것이 아니었고, 스타인웨이 그리고 대가의 길과 영영 결별하겠다는 내 결심을 보고 나서야 마음이 바뀌었던 거잖아, 난 생각했다. 나한테는 이로울지 몰라도 그 친구한테는 해가 되는 것까지, 나한테는 맞을지 몰라도 그 친구한테는 안 맞는 것까지 전부, 아니 전부는 아닐지라도 사실상 거의 모두 나를 흉내 냈지, 난 생각했다. 그 흉내쟁이는 내 모든 것을 따라했어, 자기한테 해가 될 게 아주 뻔해 보였던 것조차 말이야, 난 생각했다. 나는 베르트하이머한테 항상 해가 됐어, 그리고 그런 자책을 머릿속에서 평생 떨쳐버리지 못할 거야, 난

생각했다. 베르트하이머는 자립심이 없었어, 난 생각했다. 여러 가지 면에서 나보다 감수성이 더 예민했지만 그게 바로 그의 가장 큰 맹점이 되었지, 결국은 가짜 감정만 품게 되었고 정말로 몰락하는 자가 되고 말았지, 난 생각했다. 그 친구는 자기가 중요하게 여기는 것을 글렌한테서 베낄 용기가 없어서 내 모든 걸 베꼈지만 그에게 전혀 도움이 안 됐지, 나한테 베낀 것 중에서 그에게 도움이 될 만한 건 하나도 없다고 내가 거듭 지적했는데도 그 친구는 그 사실을 직시하려 하지 않았지, 난 생각했다. 상인이 되었더라면, 그러니까 부모가 확립해놓은 제국의 운영자가 되었더라면 더 행복하게 살았을 텐데, 그가 말했던 행복을 누렸을 텐데, 하지만 그런 결정을 내리는 데 필요한 용기조차 그에게는 없었고, 내가 자주 얘기했던 작은 후퇴도 그는 결코 받아들이려 하지 않았지, 그 친구는 예술가이길 바랐지, 인생의 예술가가 되는 것만으로는 만족을 못 했어, 곰곰이 생각해보면 우리에게 진정한 행복을 안겨주는 건 인생의 예술가라는 단어인데 말이야, 난 생각했다. 결국 그 친구는 자신의 실패와 사랑에 빠졌어, 아니 실패에 홀딱 빠져버렸지, 실패하기를 끝까지 고집했어, 그는 자기가 불행하다는 사실 때문에 불행했지만, 자고 일어났는데 불행이 사라졌거나 찰나의 순간에 불행을 빼앗겼더라면 더욱더 불행해졌을 거야, 그것만 보더라도 그는 진정으로 불행했던 게 아니야, 불행을 통해서 불행과 함께 행복했다는 증거지, 불행 속에 깊이 빠져 있기 때문에 행복한 사람들도 많잖아, 그렇다면 베르트하이머도 자기 불행을 항상 의식했고 자기 불행을 만끽할 수 있었으므로 사실은 행복했을지도 몰라, 라고 난 속으로 중얼거렸다. 이유가 무엇이든 자신의 불행을 잃어버릴까봐

두려워서 치처스까지 가서 목숨을 끊었을지도 모른다는 생각이 터무니없게 느껴지지만은 않았다. 어쩌면 불행한 인간이란 존재하지 않는지도 몰라, 왜냐하면 사람들은 대부분 우리가 그들의 불행을 빼앗았을 때 비로소 불행해지기 때문이야, 베르트하이머는 자기 불행을 잃을까 봐 두려웠고 그가 자살했던 이유는 바로 그 때문이야, 교묘한 방법으로 세상을 떠난 것이며, 아무도 그가 지킬 거라고 믿지 않았던 약속을 뒤늦게나마 지켰던 거야, 이 세상은 베르트하이머를 비롯한 수많은 고뇌하는 영혼들을 행복하게 해주려고 했지만, 자신에게나 타인에게나 늘 매몰찼던 베르트하이머는 행복을 뿌리치고 세상을 떠난 거야, 그건 그가 다른 사람들처럼 자기 불행에 치명적으로 익숙해졌기 때문이야, 난 생각했다. 대학 졸업 후 베르트하이머는 연주회를 가질 기회가 여러 차례 있었지만 거절했지, 글렌을 떠올리면 연주회를 연다는 건 상상조차 못 하겠다며 거절했지, 무대에 나가야 한다는 생각만으로도 속이 뒤집히려고 해, 라고 그가 했던 말을 떠올렸다. 수도 없이 초청을 받았지만 전부 거절했으며, 모차르테움에서 열린 연주회들만으로도 에이전트들 사이에서는 '정평이 났기 때문에' 그가 원하기만 했다면 이탈리아에 갈 기회도 있었고 헝가리와 체코슬로바키아와 독일에도 갈 수 있었다. 하지만 글렌이 〈골트베르크 변주곡〉으로 승리를 거두는 것을 보고 베르트하이머는 온통 자포자기의 심정에 빠져 있었다. 글렌의 연주를 듣고 난 이상 내가 어떻게 무대에 설 수 있겠어, 라고 그는 곧잘 얘기하곤 했는데 그럴 때마다 나는 비록 글렌만큼은 아니지만 그 어떤 연주자보다도 빼어나다며 거듭 격려하려고 했다. 물론 글렌만큼은 아니라는 얘기를 입 밖에 내지는 않았지만 그는 내 말에서

항상 그걸 읽어낼 수 있었을 것이다. 나는 베르트하이머에게 이렇게 말했다. 피아노 예술가는 말이야―나는 베르트하이머와 피아노 예술에 관한 얘기를 나눌 때 피아니스트라는 역겨운 말을 피하기 위해 피아노 예술가라는 말을 곧잘 사용했는데―천재의 연주에서 깊은 인상을 받았다고 해서 얼어붙으면 안 돼, 사실이 그렇잖아, 넌 글렌한테 너무 깊은 인상을 받는 바람에 얼어붙은 거야, 모차르테움에서 유례가 없을 정도로 재능이 탁월한 너 같은 사람이 말이야, 라고 난 말했으며 그건 사실이기도 했다. 베르트하이머는 글렌처럼 천재는 아니었지만 정말로 탁월한 재능을 지녔었고 모차르테움은 그 이후로 그런 재능을 가진 사람을 보지 못했다. 북미에서 불어온 회오리 때문에 그렇게 무너지지 말라구, 하고 베르트하이머에게 했던 말이 떠올랐다. 베르트하이머만큼 뛰어나지 못했던 자들도 글렌 때문에 그렇게 치명적인 혼란을 겪진 않았어, 그자들은 천재 글렌 굴드를 못 알아봤지, 베르트하이머는 글렌 굴드의 천재성을 알아봤기 때문에 치명상을 입었던 거야, 난 생각했다. 그리고 너무 오래 쉬거나 에이전트들의 제안을 거절하게 되면 어느 날 갑자기 공연에 나갈 용기와 힘이 사라지지, 베르트하이머는 대학 졸업 후 2년 동안 모든 초청을 거절하는 바람에 공연에 나갈 용기가 사라졌고 에이전시의 문의에 답변을 보낼 힘조차 없어졌지, 난 생각했다. 글렌이 누릴 수 있었던 것, 즉 더 이상 연주회를 열지 않겠다는 결심을 실천으로 옮기고도 자신을 계속 발전시켜 피아노라는 악기가 주는 모든 가능성을 극한까지 밀고 가는 완벽성을 키우고, 고립을 통해 탁월한 이들 중에서도 가장 탁월한, 그래서 결국 전 세계적으로 가장 유명한 자가 되는 것, 이런 것들은 베르트하이머

에게는 당연히 불가능했다. 무대에 서는 것을 꺼리면서부터 베르트하이머는 연주의 세계와 단절됐을 뿐만 아니라 자신이 가지고 있던 모든 자질까지 함께 잃고 말았는데, 왜냐하면 베르트하이머는 글렌과는 달라서 고립을 통해 자신의 예술을 극단까지 밀고 가보는 능력이 없었으며, 오히려 고립을 통해 끝장이 난 것이다. 내 경우, 그라츠와 린츠에서 몇 차례 더 그리고 한번은 여자 학우의 소개를 받아 라인 강변의 코블렌츠에서 연주를 하고 난 뒤 완전히 일을 접었다. 피아노 연주의 즐거움을 상실했고, 하룻밤 만에 내게는 무의미해진 청중 앞에서 나를 증명하느라 애써가면서 평생을 살 마음은 없었다. 하지만 베르트하이머한테는 그런 청중이 결코 상관없지 않았으며 그는 끊임없이 예술성을 증명해야 한다는 강박에 시달렸는데, 글렌도 그 점에서는 마찬가지였고 베르트하이머보다 훨씬 더 심했을지도 모른다. 하지만 글렌은 베르트하이머가 꿈만 꾸었던 것을 실제로 성취하기도 했지, 난 생각했다. 글렌 굴드는 매사에 타고난 대가였지만 베르트하이머는 애초부터 자신의 실패를 인정하려 하지 않았고 그 사실을 평생 깨닫지도 못한 패자였어. 그 친구가 최고의 피아노 연주자 가운데 하나라는 사실에는 이의가 없지만, 글렌과 충돌했던 순간부터 실패를 거듭할 수밖에 없었던 전형적인 패자였어, 글렌은 천재였지만 베르트하이머는 한낱 출세주의자였어, 난 생각했다. 베르트하이머는 나중에 '자리를 잡으려고' 시도했지만 그러지 못했다. 그는 갑자기 피아노 예술과 **단절돼버렸던 거야**, 난 생각했다. 그래서 본인도 거듭해서 이야기했듯 정신과학에 입문했지, 정신과학이란 것이 뭔지도 모르면서 말이야, 난 생각했다. 아포리즘을, 나쁘게 말하자면 사이비 철학을 만난

거지, 난 생각했다. 수년 동안 연주하면서 그가 얻었던 건 음악적 상처뿐이었지, 난 생각했다. 그러더니 갑자기 쇼펜하우어나 칸트나 노발리스 같은 인물이 되려고 했으며 그런 수치스러운 사이비 철학에 브람스와 헨델, 쇼팽과 라흐마니노프를 반주 음악으로 삼았던 거야, 그 뒤로 자신을 혐오했지, 그와 오랜만에 재회했을 때 그런 인상을 받았어, 뵈젠도르프 피아노는 정신과학도로서의 길을 음악적으로 장식하기 위한 수단에 불과했지, 장식이라는 추한 단어가 제일 잘 어울려, 난 생각했다. 2년 사이에 그는 모든 걸 잃어버린 셈이었다. 12년 동안 공부하면서 성취했던 건 더 이상 들어줄 수 없는 것이 돼버렸지, 난 생각했다. 십이삼 년 전에 트라히를 방문해 그 친구를 만났을 때 그가 선보인 건반 두들기기에 내가 얼마나 충격을 받았는지 떠올랐다. 예술 감상주의에 젖어 그가 선보인 건 건반 두들기기라고밖에 표현할 수 없었다. 내 앞에서 연주해보겠다는 제안은 자신의 완전한 예술적 붕괴를 선보이려는 의도였던 것 같지는 않았고 오히려 자신이 근 10년 동안 포기했던 출세의 길을 가라고 내가 그를 한층 더 강하게 부추길 거라는 기대 때문이었던 것 같은데, 나는 그를 부추기기는커녕 너는 이제 끝났다고, 피아노는 손도 대지 말라고, 네 연주를 듣는 건 곤혹스러운 일이라고, 네 연주를 들으니 수치심과 깊은 슬픔이 밀려온다고 아예 단도직입적으로 말해버렸다. 베르트하이머는 피아노 뚜껑을 닫고 일어나 밖으로 나가더니 두 시간 동안 돌아오지 않았으며 저녁내내 한마디 말이 없었지, 난 생각했다. 피아노 연주는 그 친구한테 더 이상 가능하지 않았고, 정신과학이라는 것도 그것을 대신해줄 수는 없었지, 난 생각했다. 훌륭한 대가가 되겠다는 마음으로 시작했다

가 벌써 수십 년째 피아노 교사로만 연명해가는 예전 학우들은 음악 교육가를 자칭하면서 끔찍한 교육자의 인생을 살고 있는데, 재능 없는 학생과 예술을 소유하겠다는 과대망상에 걸린 학부모들에게 의존해야 하는 이들은 소시민적인 아파트에 살면서 음악 교육자 연금이나 꿈꾸지, 모든 음대생 중 98퍼센트는 최고라는 기대를 품고 아카데미에 오지만 대학을 졸업하고는 수십 년 동안 우스꽝스러운 음대 교수의 삶을 살지, 난 생각했다. 나와 베르트하이머는 그런 인생은 면했다. 그리고 그런 인생 못지않게 내가 싫어했던 또 다른 인생, 유명한 피아노 연주가들처럼 대도시와 요양지를 오가다가 마침내 시골구석을 오가면서 손가락이 굳어버리고 그런 손가락에 연주가로서의 감수성이 완전히 장악당하는 인생 역시 면할 수 있었다. 시골구석에 가보면 나무에 걸린 현수막에서 예전의 학우 이름을 십중팔구 발견할 수 있으며, 그 학우가 그곳에 하나밖에 없는 홀, 주로 낡아빠진 식당 홀에서 모차르트와 베토벤과 바르톡을 연주하면 그걸 보는 우리는 역겨워서 속이 뒤집힐 지경이지, 난 생각했다. 우리 두 사람은 그런 운명을 면했어, 난 생각했다. 피아노 연주가 천 명 중에서 한두 명 정도만 이런 빌어먹을 길을 걷지 않아도 되지, 난 생각했다. 내가 한때 피아노를 전공했다는 사실, 음대를 졸업했으며 베르트하이머처럼 오스트리아, 더 나아가 유럽 최고의 피아노 연주가로 손꼽히는 사람이었다는 사실을 지금은 아무도 모르지, 난 생각했다. 요즘 내가 하는 일이란 엉터리 글이나 쓰는 것인데, 나는 이를 감히 에세이적인 글이라고 부르겠다. 자멸의 길을 향해 가면서 에세이적이라는 역겨운 말을 한번 더 입에 담는다면, 나는 어차피 나중에 갈기갈기 찢어버릴 게 뻔한

에세이적인 생각을 쓰면서 지내지, 내가 한때 〈골트베르크 변주곡〉을 연주했다는 걸 이젠 아무도 몰라, 비록 오래전부터 묘사하려고 애쓰는 글렌 굴드만큼은 연주하지 못했지만 말이야, 그런 글렌 굴드를 오래전부터 묘사하려고 애쓰는 이유는 내가 그 누구보다도 실감나게 그를 묘사할 수 있기 때문이지, 내가 세계 최고의 음대로 꼽히는 모차르테움을 다녔고, 바트 라히헨이나 바트 크로칭겐 같은 시시한 온천 마을에서나 연주회를 열었던 사람이 아니라는 사실을 지금에 와서는 아무도 모르지, 난 생각했다. 내가 한때 열광적인 음악도였고 글렌 굴드와 나란히 브람스와 바흐와 쇤베르크에 도전했던 사람이라는 사실은 아무도 모르지, 이런 비밀은 내게 늘 유리하게 작용했던 반면 내 친구 베르트하이머한테는 늘 너무 해로웠지, 난 생각했다. 나는 그런 비밀을 통해 나 자신을 일으켜 세웠던 반면 그 친구는 그런 비밀을 가졌기 때문에 시름시름 앓다가 크게 병들었고 결국엔 그 비밀이 그를 죽이고 말았다. 내가 15년도 넘게 밤낮을 안 가리고 피아노를 쳤으며 그런 훈련 속에서 마침내 두루두루 탁월한 완벽성에 도달했다는 사실은 주변 사람들과 대면할 때뿐만 아니라 나 자신과의 대면에서도 무기가 돼주었어, 하지만 베르트하이머는 항상 그 때문에 괴로워했을 뿐이야, 피아노를 전공했다는 사실은 내게 늘 유용했고 또 중요했지만, 내가 피아노 전공자란 사실을 아는 이는 아무도 없으며, 내가 그 사실을 비밀로 하기 때문에 더욱 그렇지, 하지만 똑같은 사실이 베르트하이머에게는 늘 불행이 되었으며 실존적 우울증을 끊임없이 유발했지, 라고 난 생각했다. 나는 아카데미를 다닌 대다수의 사람들보다 훨씬 더 잘했는데도 눈 깜빡할 사이에 **그만두었고**, 그게 나를 강하게 단련시켰

지, 나보다 잘하지도 못하면서 딜레탕티슴에서 평생의 도피처를 구했던 사람들, 자신을 교수라고 자처하고 상과 훈장을 주렁주렁 매단 그런 사람들보다 훨씬 더 강하게 말이지, 아카데미를 졸업하고 연주 활동을 시작했다는 음악 얼간이들, 하고 난 생각했다. 난 연주 활동 따위는 절대로 시작하지 않았지, 내 머리가 그걸 금했으니까, 난 생각했다. 하지만 연주 활동을 안 한 이유는 베르트하이머가 내세웠던 이유와는 판이하게 다르다. 이미 말했지만 베르트하이머는 글렌 굴드 때문에 연주 활동을 시작하지 않았던 것이며 일찌감치 중단했던 것이다. 내 경우 내 머리가 연주 활동을 금했던 것이라면 베르트하이머의 경우는 글렌이 그것을 막았던 셈이다. 연주 활동이란 그 무엇이 되었든 상상을 초월할 정도로 소름 끼치는 일이며, 청중 앞에서는 피아노를 연주하든 바이올린을 연주하든 끔찍하지, 청중 앞에서 노래를 부를 때 참아내야 하는 끔찍함은 더하고, 난 생각했다. 명문대학을 다녔다는 것은 우리의 가장 큰 자산이라고들 하지만 그걸 통해 이룩한 것은 아무것도 없으며 명문대를 다녔다는 사실을 우린 오히려 숨기려 하지, 난 생각했다. 그 자산을 수십 년 동안 연주회에 쓰지 않고 전부 끝난 일로 생각해서 숨기려고 하지, 나도 숨기는 데는 항상 천재였어, 난 생각했다. 아무것도 숨기지 못하고 항상 모든 것을 떠벌려야만 했던, 한평생 자신을 노출해야 직성이 풀렸던 베르트하이머와는 정반대였다. 하지만 우리는 대개의 사람들과는 달리 처음부터 돈이 넉넉하여 밥벌이를 하지 않아도 되는 행운을 누렸지, 베르트하이머는 그 돈을 항상 부끄러워했던 반면 나는 그 돈을 부끄러워한 적이 없어, 돈 속에서 태어났다고 그 돈을 부끄러워하는 것이야말로 미친 짓이지,

내가 보기에는 그것이야말로 괴상한 짓거리이고 역겨운 가식이야, 난 생각했다. 자꾸 남한테 없는 돈을 가져서 부끄럽다고 말하는 사람들의 가식은 어딜 가도 목격하는데, 누구에게는 언제나 돈이 있고 또 돈이 없다는 건 당연한 사실이 아닌가, 누구에게는 돈이 없지만 다른 이에게는 돈이 있고 또 그 반대일 수도 있는 거 아닌가, 그건 변하지 않을 거고, 누구한테 돈이 있다고 그게 죄가 되는 것도, 없다고 해서 무죄가 되는 것도 아니지, 하지만 돈이 있는 사람이든 없는 사람이든 둘 다 가식밖에 모르기 때문에 그런 사실을 이해하지 못해, 난 돈이 있다는 사실 때문에 자책한 적은 없어, 난 생각했다. 베르트하이머는 늘 자책했지, 난 베르트하이머처럼 부자라서 고통스럽다고 말한 적은 없어, 그런 말을 곧잘 했던 베르트하이머는 무의미한 기부 소동까지 벌였지만 다 부질없는 짓이었지, 아프리카의 사헬 지역으로 보낸 수백만 실링이 실은 도착한 적도 없다는 사실이 나중에 밝혀졌지, 난 생각했다. 베르트하이머가 돈을 입금했던 천주교 단체들이 그 돈을 중간에 가로챘기 때문이다. 불안과 절망은 인간의 본성이라는 지당하고도 지당하신 말씀을 베르트하이머는 곧잘 했지만, 자기가 한 말을 붙잡지는 못했다. 머리는 (그리고 그의 아포리즘은) 언제나 거대한, 내가 보기에도 거대한 이론을 담고 있었지, 난 생각했다. 그 안에는 구원의 인생철학과 실존철학이 있었지만 그것을 체화시키지는 못했던 것이다. 이론상으로는 인생의 모든 애로사항, 모든 절망 상태, 모든 걸 마모시키는 이 세상의 악의를 물리치는 데 성공했을지 몰라도 현실에서의 그는 아무 힘도 없었다. 그래서 자신의 이론과는 정반대로 계속해서 파멸의 길을 밟았고 자살에까지 이르렀던 거야, 치처스라는 그의 우

스꽝스러운 종착역으로 말이야, 난 생각했다. 머리로는 자살을 반대하면서도 아무렇지도 않게 내게 자살의 기미가 보인다면서 내 장례식에 참석할 날이 올 거라고 거듭 얘기했지만, 실제로 자살한 건 그 친구이며 그의 장례식에 간 사람은 나다. 그는 이론상으로는 세계적으로 가장 훌륭한 피아노 대가, (글렌 굴드만큼은 아닐지라도!) 가장 유명한 예술가에 속했지만, 현실에서는 피아노로 성취한 것이 없었지, 그러면서 가장 비참한 꼴로 정신과학이라는 것 속으로 도망쳤지, 이론상으로는 인생을 장악하고 있었지만 현실에서는 인생에 의해 파멸을 당했지, 난 생각했다. 이론상으로는 나와 글렌 굴드의 친구였지만 실제로는 친구인 적이 없었어, 대가의 경지에 이르기에는 모든 것이 부족했던 것과 마찬가지로 그는 **진정한** 우정을 나누기에도 모든 것이 부족했으니까, 그의 자살이 그걸 입증하잖아, 난 생각했다. 결론은 이렇다. 자살은 그 친구가 했지 내가 한 게 아니야. 가방을 벤치에 놓으려고 들어 올리는 순간 여주인이 들어왔다. 놀랐다며 내가 들어오는 소리를 듣지 못했다고 말했지만 거짓말이라는 생각이 들었다. 틀림없이 내가 여관으로 들어오는 것부터 지켜봤을 것이고 내내 염탐하며 일부러 식당에 들어오지 않았을 거야, 블라우스 단추를 배 있는 데까지 풀어놓은 저 여자는 역겹고 혐오스러운 데다 시선이 돌아가는 타입이지. 저런 인간들은 자신이 천하다고 아예 전시를 하지, 난 생각했다. 자기가 천하다는 걸 숨길 필요조차 못 느끼는 거야, 나는 스스로에게 말했다. 내가 매번 투숙하는 방은 난방이 안 돼 있다고, 하지만 공기가 따뜻하니까 난방을 안 해도 될 것 같다고, 여주인은 말했다. 따뜻한 봄바람이 들어오도록 창문을 열어놓겠다는 거다. 그녀는 그렇게

말하면서 블라우스 단추를 잠그는 시늉만 하고 정말 잠그지는 않았다. 치처스로 떠나기 전에 베르트하이머가 자기한테 들렀다고 했다. 그가 자살했다는 소식은 우체부를 통해 들었으며, 우체부는 베르트하이머의 소유지를 관리하는 벌목꾼인 콜로저 프란츠한테서 그 소식을 들었다는 것이다. 이제 사냥 별장은 누구의 소유가 될지 불확실해졌다고 여주인은 말했다. 베르트하이머의 여동생은 영영 스위스로 가버렸으니까 그녀가 소유주가 될 리는 없다고 했다. 여주인은 베르트하이머의 여동생을 지난 10년 동안 딱 두 번밖에 본 적이 없는데 대하기 편했던 베르트하이머와는 달리 그 여동생은 아주 **까다로운** 여자라고 했다. 여주인은 베르트하이머를 두고 **상냥하다는** 표현까지 입에 올렸는데 베르트하이머와 상냥하다는 말을 연관시켜본 적이 없는 나로서는 그 말에 좀 어이가 없었다. 베르트하이머는 모든 사람에게 **착하게 굴었다고** 여주인은 말했다. 그녀는 정말 **착했다는** 말을 했지만 베르트하이머가 사냥 별장을 **방치해뒀다는** 말도 곧장 덧붙였다. 최근에는 베르트하이머 본인은 나타나지 않고 친구들만 트라히에 자주 와서 며칠 혹은 몇 주씩 머물렀다는 거다. 베르트하이머한테서 별장 열쇠를 받아 온 그 사람들은 예술가와 음악가 들이었다는 거다. 예술가, 음악가라는 단어를 입에 올릴 때 여주인의 어투는 경멸적이었다. 그 사람들은 베르트하이머와 트라히를 이용해먹었을 뿐이고 베르트하이머가 나중에 돈을 낼 거라며 몇 주씩 먹고 마셨으며 해가 중천에 뜰 때까지 침대에서 일어나는 법이 없었고 요란한 옷을 입고 큰 소리로 웃으면서 동네를 누비고 다녔다는 거다. 여주인이 보기에 그들은 전부 추레한 인상이었다고 했다. 그녀가 보기에는 베르트하이머도 점점 더 추

레해지는 것 같다고 했는데, 방치라는 단어를 느리고 길게 말하는 그
녀의 말투는 베르트하이머의 영향을 받아서일 거야, 난 생각했다. 밤
중에는 베르트하이머가 피아노 치는 소리가 들렸으며 그 소리는 새벽
까지 이어졌다고 여주인은 말했다. 베르트하이머가 나중에는 잠도 안
자고 남루한 옷차림으로 동네를 활보하다가 한숨 푹 자고 가려는 의미
에서 여주인의 식당에 들어와 앉았다는 거다. 마지막 몇 달 동안 그는
빈에도 가지 않았고 빈에 쌓여가는 우편물에도 관심을 보이지 않았으
며 우편물을 트라히로 보내라고 시키지도 않았다는 거다. 넉 달 동안
집 밖에 얼씬도 않고 혼자 트라히에 있었으며 벌목꾼들이 그에게 음
식을 갖다 주었다고, 여주인은 내 가방을 들고 내가 묵을 방으로 걸어
올라가면서 말했다. 여주인은 들어가자마자 창문을 열고 겨울 내내
이 방에 묵은 사람이 없어서 이렇게 더럽다고 하면서, 나만 괜찮다면
걸레를 가져와 창턱의 먼지라도 닦겠다고 했지만, 나는 먼지 따위는
상관없다고 사양했다. 여주인은 이불을 옆으로 젖혀보더니 이불은 깨
끗하다며 공기가 이불을 말려줄 거라고 했다. 손님들은 항상 같은 방
을 원하죠, 그녀가 말했다. 베르트하이머가 그동안 아무도 자고 가지
못하게 했던 트라히의 집이 갑자기 사람들로 왁자지껄해졌다고 여주
인은 말했다. 30년 동안 베르트하이머 말고는 아무도 사냥 별장에서
잘 수 없었는데, 그가 죽기 전 몇 주 동안 도시에서 온 사람들이 무더
기로 트라히에서 먹고 자며 온 집 안을 뒤집어놨다고 그녀는 말했다.
예술가들은 참 별난 사람이에요, 그녀는 말했다. 별나다는 말도 여주
인의 말이 아니라 베르트하이머의 말이었다. 그 친구가 별나다는 말을
자주 썼지, 난 생각했다. 베르트하이머 (또한 나!) 같은 사람들은 고

립된 생활을 제법 오래 견디긴 하지만 때가 되면 꼭 주변에 사람들이 필요하지, 난 생각했다. 베르트하이머는 20년 동안이나 사람들 없이 잘 버티다가 자기 집에 별별 사람들을 다 불러들였다. 그런 다음 자살한 거지, 난 생각했다. 데셀브룬에 있는 내 집처럼 사냥 별장도 혼자 있기에 안성맞춤인 곳이야, 난 생각했다. 나 같은 사람, 베르트하이머 같은 사람, 예술적인 사람, 말하자면 정신적인 사람한테 딱 좋은 곳이지, 하지만 그런 집에 무리하게 부담을 주면 그 집이 우리를 죽이지, 아주 치명적이라구, 처음에는 우리의 예술적이고 정신적인 목표에 맞게 꾸며놓지만 그 집이 곧 우리를 죽이지, 라고 생각하고 있는데 여주인은 맨손으로 옷장 문에 앉은 먼지를 부끄러운 줄도 모르고 닦아냈다. 내가 그러는 자기를 쳐다보고 있다는 것을, 즉 자기한테서 시선을 떼지 않고 있다는 것을 오히려 즐기는 모양이었다. 베르트하이머가 저런 여자와 잠자리를 같이했다는 게 어처구니없게 느껴지지만은 않았다. 하룻밤만 묵을 것 같다고 했고, 트라히에 한 번 더 들러 여주인의 여관에 묵고 싶어졌었다고 했다. 글렌 굴드라는 이름을 기억하느냐고 여주인에게 물었더니 물론이라고, 세계적으로 유명한 그 사람 말씀이죠, 라고 대답했다. 글렌 굴드, 이 세상에서 가장 훌륭한 피아노 대가인 그도 베르트하이머처럼 쉰 살을 넘겼다고 나는 말했으며, 28년 전에 그가 트라히에 다녀간 적이 있는데 아마 여주인은 그 일을 기억하지 못할 거라고 했더니 그녀는 그 미국인을 아주 또렷하게 기억하고 있다며 내 말을 수정했다. 하지만 글렌 굴드라는 사람은 자살하지 않고 뇌졸중으로 피아노 앞에서 쓰러져 죽었다고 난 말했으며 그 말을 할 때 왠지 무력감이 느껴졌고, 여주인보다는 나 자신에게 더 부끄러

왔다. 여주인이 열린 창가로 가서 퓐 바람이 불어올 때마다 제지공장의 악취가 공기를 오염시킨다고 말하고 있을 때, 다시 한 번 **쓰러져 죽었다**고 말하는 내 목소리가 들려왔다. 베르트하이머는 자살했지만 글렌 굴드 그 사람은 '자연사' 했다고 나는 말했다. 여태껏 이렇게 딱딱하게 말해본 적이 없는데, 하고 난 생각했다. 베르트하이머가 자살한 이유는 글렌 굴드 그 사람이 죽었기 때문일지도 모른다고도 했다. 뇌졸중은 참 아름다운 거라며 누구나 뇌졸중으로 죽는 게 소원 아니냐고 여주인은 말했다. 순간적인 죽음 말이다. 나는 지금 당장 트라히에 다녀올 계획인데 트라히에 누가 있는지, 지금 누가 그 집을 지키고 있는지 아느냐고 물었다. 여주인은 그건 잘 모르겠지만 틀림없이 벌목꾼들이 사냥 별장에 있을 거라고 했다. 그녀 생각에는 베르트하이머가 죽고 나서 사냥 별장에 변한 건 아무것도 없다는 거다. 틀림없이 트라히의 별장을 물려받았을 베르트하이머의 여동생은 나타나지도 않았으며 여주인의 표현을 빌리자면 **다른 어떤 상속 대상자도** 나타나지 않았다는 거다. 여관 식당에서 저녁식사를 할 생각이냐는 여주인의 질문에 나는 저녁 일정은 아직 모르겠다고 했다. 여주인의 식당에서는 다른 데서는 맛볼 수 없는 식초소스를 곁들인 소시지를 먹게 되리라고 예상했지만 내 생각을 얘기하지는 않았다. 여주인은 자기네 장사는 여전히 굴러가고 있다고, 제지공장에서 일하는 사람들 덕분에 장사가 된다고, 하지만 그곳에서 일하는 사람들은 저녁이 돼야 오고 낮에는 손님이 거의 없는데 그건 항상 그렇다고 했다. 손님이라고 해봤자 베이컨소시지를 먹으려는 맥주 운반 기사나 벌목꾼이 전부라고 그녀는 말했다. 그래도 할 일은 많다고 했다. 여주인은 과거에 제지공장에서 일

114

하는 사람과 결혼했지, 결혼 생활 3년 만에 남편이 모두가 무서워했던 제지기계에 빠지는 바람에 죽었고 그 후로도 여주인은 재혼하지 않았지, 난 생각했다. 제 남편이 세상을 떠난 지 벌써 9년이 됐어요, 라고 여주인은 뜬금없이 말하더니 창턱에 앉았다. 재혼은 안 할 거예요, 혼자 있는 게 더 나아요, 라고 그녀는 말했다. 결혼하기 전에 여자들이 왜 이렇게 남편감을 찾으려고 안간힘을 쓰는지 모르겠어요, 남편이 없어지니 이렇게 좋은데, 라고 분명히 생각했을 텐데 그녀는 그 말 대신 그런 불행한 사고가 일어나서는 안 됐어요, 장례를 치르고 나서 베르트하이머 씨가 한동안 제게 큰 힘이 돼주셨어요, 라고 말했다. 남편과 같이 사는 게 슬슬 지긋지긋하게 느껴지던 차에 남편이 제지기계에 빠져 사라져줬을 테고, 넉넉하지는 않아도 정기적으로 들어오는 연금을 남겼겠지, 라고 나는 여주인을 관찰하면서 생각했다. 제 남편은 착한 사람이었어요, 라고 그녀는 말했다. 그 사람을 아시잖아요, 라고 말했지만 난 그 사람에 대한 기억이 아주 희미할 뿐만 아니라 기억나는 거라고는 그 남자가 항상 제지공장의 펠트 작업복을 입고 있었다는 사실, 그리고 제지공장의 펠트 모자를 쓰고 식당에 앉아 처가 갖다준 커다란 훈제 돼지갈비를 뜯어먹던 모습뿐이다. 제 남편은 착한 사람이었어요, 라는 말을 연발하면서 여주인은 창밖을 내다보며 머리를 정돈했다. 혼자 있는 것도 나름대로 괜찮아요, 라고 그녀는 말했다. 그녀는 내가 틀림없이 장례식에 참석했을 테니 베르트하이머의 장례식에 관한 모든 걸 알려달라고 했다. 장례식이 쿠어에서 치러졌다는 건 여주인도 알고 있었지만 내가 베르트하이머의 장례식까지 참석하게 된 자초지종은 아직 모르고 있기에 나는 침대에 걸터앉아 얘기해줬

다. 물론 단편적인 얘기뿐이었지만, 내가 빈에 있을 때였다는 얘기로 시작했다. 아파트를 처분할 생각으로 바빴는데, 혼자 살기에는 아파트가 너무 넓고, 세상에서 제일 근사한 도시인 마드리드에 정착한 사람한테는 완전히 불필요한 곳이라고 했다. 여주인도 데셀브룬에 내 집이 있다는 걸 알 테지만 아무튼 난 그 집을 팔 생각이 없다고 했다. 여주인도 오래전에, 낙농장이 타버렸을 때 남편과 함께 데셀브룬에 한 번 다녀오지 않았느냐고 난 말했다. 요즘 같은 불황기에 부동산을 판다는 건 어리석은 일이잖습니까, 난 말했다. 난 부동산이라는 단어를 일부러 여러 번 사용했다. 내 얘기에서 중요한 단어였다. 국가가 망했다고 말했더니 여주인은 고개를 흔들었고, 난 정부가 부패했다고 말했다. 13년째 정권을 장악하고 있는 지금의 사회주의자들은 권력을 끝간 데 없이 남용하고 국가를 완전히 파산에 이르게 했다고 말했다. 내가 그렇게 말하자 여주인은 고개를 끄덕였고 내 쪽을 봤다가 창밖을 내다보는 일을 반복했다. 사람들은 모두 사회주의 정부를 바란다지만, 바로 그 사회주의 정부가 모든 걸 날려버렸다는 사실을 그들도 곧 알게 되겠죠, 난 말했다. 날려버렸다는 말을 다른 단어들보다 일부러 더 강조했고 그런 단어를 사용했다는 데 전혀 부끄러움을 느끼지 않았다. 사회주의 정부하에서 초래된 국가적 파산과 관련해서 날려버렸다는 말을 여러 번 더 언급했고, 더 나아가 총리는 아주 저속하고 비열하며 잔머리나 굴리는 사람일 뿐이고 사회주의를 자기의 괴상한 권력욕을 충족시키기 위해 이용해먹는다고 난 말했다. 정부 전체, 그 사람들 전부가 권력만 탐낼 뿐 아니라 비열하고 냉혹하다고, 자기네가 구성하고 있는 국가는 그들에게 전부이지만 자기네가 통치하는 국

민은 그들에게 하나도 중요하지 않다고 난 말했다. 제가 바로 국민이 고 저는 국민을 사랑하지만 국가는 상종도 하기 싫습니다, 라고 난 말 했다. 우리나라는 역사상 단 한 번도 이런 밑바닥을 경험한 적이 없습 니다, 역사상 단 한 번도 이처럼 저속하고 비인간적이고 우둔한 사람 들에 의해 통치된 적이 없습니다, 하지만 이런 상태를 바꾸기에는 국 민들은 너무 멍청하고 나약합니다, 지금 정권을 잡고 있는 교활하고 권력욕이 강한 사람들한테 넘어가죠, 라고 난 말했다. 다음 선거 때도 이런 딱한 사정은 아마 달라지지 않을 겁니다, 오스트리아 사람들은 습관의 지배를 받는 사람들이라서 십 년째 늪에서 허우적거리고 있다 해도 거기에 익숙해지는 사람들이죠, 참 불쌍한 민족이에요, 라고 난 말했다. 오스트리아 사람들은 **사회주의**라는 말에 아직도 잘 속아 넘어 가죠, **사회주의**라는 말이 가치를 잃었다는 걸 누구나 아는 마당에 말 입니다, 사회주의자들은 이제 더는 사회주의자들이 아니잖습니까, 라 고 난 말했다. 요즘 사회주의자들은 새롭게 등장한 착취자입니다, 전 부 사기꾼들이죠! 라고 여주인한테 말했다. 그러다 문득 나는 여주인 이 내가 떠드는 내용에는 관심이 없고 오로지 장례식에 관한 얘기가 나오기를 목이 빠지게 기다리고 있다는 것을 눈치챘다. 그래서 빈에 있을 때 치처스에서 전보를 받고 놀랐다고, 두트바일러 부인, 그러니 까 베르트하이머의 여동생이 보낸 전보가 빈에 있던 나에게 도착했다 고, 유명한 식물원에 다녀왔을 때 현관 앞에서 그 전보를 발견했다고 말했다. 내가 빈에 있다는 것을 두트바일러 부인이 어떻게 알고 있었 는지 여전히 모르겠으며, 빈은 예전의 빈과는 비교도 안 될 만큼 추한 도시가 돼버렸다고도 했다. 오랫동안 외국에 있다가 이 도시로 돌아

온다는 것, 타락한 이 나라로 귀국한다는 건 끔찍한 경험이라고 난 말했다. 베르트하이머의 여동생이 나에게 전보를 쳤다는 것, 나한테 자기 오빠가 죽었다는 사실을 알려왔다는 것 자체가 어리둥절했다고 난 말했다. 이름이 두트바일러랍니다. 얼마나 끔찍합니까, 난 말했다. 하지만 여주인도 알다시피 베르트하이머는 자기 여동생을 항상 억누르고 기를 못 펴게 했으며 그녀가 마지막 순간에야 가까스로 오빠로부터 벗어났다고 난 말했다. 지금 빈에 가본다면 여주인은 틀림없이 경악을 금치 못할 거라고 난 말했다. 위엄이라고는 손톱만큼도 없고 전부 쓰레기입니다! 라고 난 말했다. 무엇이 됐든 멀리하는 게 가장 좋습니다, 난 말했다. 내가 일찌감치 그곳을 떠나 마드리드의 품에 안긴 걸 단 한 번도 후회하지 않는다고 난 말했다. 하지만 우리가 이렇게 우둔한 나라를 떠나버릴 형편이 안 되어 그냥 머물러 있어야 한다면, 그러니까 빈같이 우둔한 도시에 있어야 한다면 우리는 아마 지루해서 죽을 겁니다, 머지않아 죽게 되죠, 난 말했다. 빈에서 베르트하이머에 대해 생각할 시간이 이틀 정도 있었죠, 기차를 타고 쿠어에 가는 동안과 베르트하이머의 장례식 전날 밤에 말입니다, 난 말했다. 베르트하이머의 장례식에 조문객들이 몇 명이나 왔는지 여주인은 알고 싶어 했다. 두트바일러 부인과 남편 그리고 나밖에 없었다고 했다. 물론 상조회사 직원들도 있었죠, 난 말했다. 장례식은 20분도 안 되어 끝이 났다고 했다. 여주인은 베르트하이머가 항상 자기가 여주인보다 먼저 세상을 떠날 경우, 할머니한테서 물려받은 귀한 목걸이를 주겠다고 했다는 것이다. 하지만 베르트하이머가 유언장에 자기에게 뭔가를 남긴다고 언급했을 것 같지는 않다고 그녀는 말했다. 나는 분명 베르트하

이머가 유언장 따위는 쓰지 않았을 거라고 생각했다. 베르트하이머가 여주인에게 목걸이를 주겠다고 약속했다면 그 목걸이를 받게 될 거라고 난 말했다. 베르트하이머는 빈에서 막 트라히에 도착하여 혼자 있는 게 두려우면 이따금 여주인 집에서 자고 갔다고 여주인은 얼굴을 붉히며 말했다. 겨울에 아무런 예고도 없이 빈에서 트라히로 오는 경우가 많았는데 그럴 때마다 난방이 안 돼 있었다고 그녀는 말했다. 베르트하이머가 마지막으로 트라히까지 불러들였던 사람들은 정신 나간 사람 같은 옷차림을 한 배우들이었다고 그녀는 말했다. 서커스 단원들 같았다고 했다. 그들은 여주인의 식당에 오지 않고 잡화점에서 마실 것을 구입했다고 했다. 그 사람들은 베르트하이머 씨를 이용하기만 했어요, 몇 주씩이나 그의 돈으로 트라히에 묵으면서 모든 걸 어질러놓고 새벽까지 시끄럽게 굴었어요, 쓰레기 같은 것들, 그녀는 이렇게 말했다. 그 인간들은 베르트하이머도 없는데 몇 주 동안이나 트라히에 머물렀고, 베르트하이머는 쿠어에 가기 며칠 전에 비로소 트라히에 왔다는 거다. 베르트하이머는 여동생과 처남을 만나러 치처스에 갈 거라고 여주인한테 곧잘 얘기했지만 늘 일정을 미루었다는 거다. 베르트하이머는 치처스에 있는 여동생한테 남편과 헤어지고 트라히에 오라는 내용의 편지를 수도 없이 보냈지만 베르트하이머의 여동생은 묵묵부답이었다고 했다. 그는 여동생의 남편을—여주인은 그 소름 끼치는 인간이라는 베르트하이머의 표현을 빌렸다—좋게 봐준 적이 없다고 했다. 어떻게 사람을 억지로 붙잡아두겠습니까, 그 사람이 싫다고 하면 내버려둬야죠, 난 말했다. 베르트하이머는 여동생을 자신에게 영원히 묶어두려고 했어요, 그 친구가 잘못한 거죠, 그 친구는 여

동생을 돌아버리기 직전까지 몰아갔고 자기도 정신이 나간 겁니다, 자살까지 할 정도라면 정신이 나간 것 맞잖습니까, 라고 난 말했다. 베르트하이머 씨가 남기고 간 그 많은 돈은 이제 어떻게 되나요, 여주인이 물었다. 그건 나도 모르겠지만 여동생이 물려받지 않았겠느냐고 했다. 돈이 많은 곳으로 또 많은 돈이 흘러가는군요, 여주인이 말했다, 그녀는 장례식에 대해 더 알고 싶어 했지만 해줄 만한 얘기가 더 없었다. 베르트하이머의 장례식에 대해서 할 만한 얘기는 다 했으니 말이다. 유대교 장례식이었느냐고 여주인은 물었다. 아뇨, 유대교 장례식은 아니었습니다, 그 친구는 아주 신속하게 안치됐어요, 얼마나 빨리 진행되었던지 제대로 보지도 못하고 지나갔을 정도죠, 장례식이 끝나고 두트바일러 부부가 저를 식사에 초대했지만 거절했습니다, 그 부부와 같이 있고 싶지 않았거든요, 하지만 그건 실례였죠, 초대에 응하고 따라갈 걸 그랬습니다, 혼자 남게 되니 뭘 어떻게 해야 할지 모르겠더군요, 쿠어는 추한 도시예요, 아주 음침한 도시죠, 베르트하이머는 당분간만 쿠어에 안치된 겁니다, 난 불쑥 말했다. 영구적으로는 빈에 안치된다고 합니다, 되블링 공동묘지에 있는 가족 납골당에 말입니다. 여주인은 일어서면서 따뜻한 바깥 공기가 저녁때까지는 방을 따뜻하게 덥혀줄 테니 안심하라고 했다. 겨울의 한기가 아직 방 안에 남아 있죠, 여주인이 말했다. 숱한 밤을 잠을 설치며 보냈던 이 방에서 자야 한다고 생각하니 감기에 걸리지나 않을까 걱정됐다. 하지만 마땅히 갈 만한 곳도 없었다. 너무 멀거나 여기보다 더 원시적이기 때문이지, 난 생각했다. 물론 옛날의 나는 훨씬 덜 까다로웠어, 요즘처럼 예민하지 않았지, 라고 난 생각했다. 나는 잠자리에 들기 전에 여주인한테 털담

요를 두 장 더 달라고 해야겠다고 생각했다. 트라히에 가기 전에 뜨거운 차를 한 잔 마시고 갈 수 있겠냐고 여주인한테 물었더니 그녀는 곧장 부엌으로 내려갔다. 그사이에 나는 가방을 풀고 '장례식 예복'으로 쿠어에 가져갔던 짙은 회색 양복을 옷장에 걸어 넣었다. 어딜 가나 상투적인 라파엘 천사가 벽에 붙어 있다니까, 나는 곰팡이가 번진 라파엘 천사를 바라보면서 곰팡이 때문에 오히려 봐줄 만한지도 모르겠다고 생각했다. 나는 새벽 다섯시쯤에 먹이통으로 몰려드는 돼지들 소리, 여주인이 조심성 없이 문을 쾅 닫는 소리에 잠이 깨곤 했던 것이 생각났다. 우리에게 무슨 일이 닥칠지 알면 더 쉽게 견딜 수 있지, 난 생각했다. 몸을 구부려야만 얼굴을 볼 수 있는 거울을 들여다보자 관자놀이에 마른버짐이 보였다. 중국 연고를 발라서 몇 주 동안 없어졌던 것이 재발하자 난 겁에 질렸다. 몹쓸 병에 걸린 건 아닌가 의심스러웠으며 의사가 나를 달래려고 중국 연고를 처방했다는 생각이 들었다. 그 연고는 지금 막 확인했듯이 쓸모없는 것이고 말이다. 이런 마른버짐은 아주 무섭고 까다로운 병의 초기 증상일 수도 있잖아, 이런 생각을 하며 거울에서 몸을 돌렸다. 문득 트라히에 가겠다고 방크함에 왔다는 것이 아주 쓸데없는 일처럼 여겨졌다. 이놈의 끔찍한 방크함까지 올 필요는 없었잖아, 난 생각했다. 이 춥고 공기 탁한 방에 서서 다가올 밤이나 걱정하고 있다니, 얼마나 끔찍한 밤이 될지 그려보는 건 그리 어렵지 않았다. 설령 내가 두트바일러 부인의 전보에 답하지 않고 그냥 빈에 있었더라도 쿠어에 다녀온 것보다는 더 나았을 거라고 혼잣말로 중얼거렸다. 아트낭푸흐하임에 내려서 나오는 전혀 상관없는 트라히를 한 번 더 보겠다고 방크함에 온 것보다 훨씬 더 나았

을 것이다. 나는 두트바일러 부부와 말도 나누지 않았고 아직 흙도 덮지 않은 베르트하이머의 무덤 앞에서 느낀 게 전혀 없었으니, 굳이 이런 고행을 무릅쓸 필요가 없었을지도 모른다. 내 처사가 혐오스러웠다. 베르트하이머의 여동생과 나눌 만한 얘기가 뭐가 있었겠어? 그녀의 남편과는 나눌 얘기가 또 뭐가 있었겠어, 나는 혼잣말로 중얼거렸다. 나와 전혀 상관없는 사람인 데다 베르트하이머의 얘기만으로도 좋게 볼 수 없었던 그를 실제로 만나니까 더 혐오스러웠다. 두트바일러 양반을 보는 순간 나는 이런 인간은 상대 안 해, 라고 생각했다. 하지만 그 혐오스러운 두트바일러야말로 베르트하이머의 여동생이 오라버니를 떠나 스위스로 오게 만들지 않았던가! 난 생각했다. 다시 거울을 들여다보면서 마른버짐이 이제는 나의 오른쪽 관자놀이뿐만 아니라 뒷머리까지 퍼져버린 사실을 발견했다. 두트바일러 부인은 이제 빈으로 돌아갈지도 모르겠군, 난 생각했다. 오빠는 죽었고 콜마르크트 아파트는 그녀의 것이 됐으니 더 이상 스위스에 있을 필요가 없을지도 모른다. 빈에 있는 아파트도 트라히의 사냥 별장도 이제 그녀의 것이다. 그녀의 오빠가 항상 싫어했고 또 싫어한다고 말했던, 그러나 그녀는 사랑했던 콜마르크트 아파트의 가구들까지 몽땅 그녀의 것이 됐으니 말이다. 그녀는 이제 치처스에서 스위스 남자와 마음 편히 살아도 돼, 마음만 먹으면 언제든지 빈으로 돌아가거나 트라히에 갈 수 있으니까, 그나저나 우리의 대가께서는 쓰레기 더미에 가까운 쿠어 공동묘지에 안치돼 있군, 난 순간적으로 생각했다. 베르트하이머의 부모님은 유대식에 따라 안치됐지, 난 생각했다. 베르트하이머는 마지막 몇 년 동안 자신은 **무교도**라고 말하고 다녔다. 되블링 공동묘지

의 리벤* 가족 납골당과 테오도어 헤르츨** 무덤 바로 옆에 있는 베르트하이머 가족의 납골당은 베르트하이머와 함께 여러 번 방문한 적이 있는데, 베르트하이머는 가족 납골당에 안치된 베르트하이머들의 이름이 새겨진 거대한 화강암 비석이 무덤 안에서부터 자라는 너도밤나무 때문에 그동안 10~20센티미터씩이나 밀려났다는 사실에도 아랑곳하지 않았다. 베르트하이머의 여동생은 너도밤나무를 없애고 화강암 비석을 다시 제자리에 돌려놓자고 그를 여러 번 설득했지만, 베르트하이머는 너도밤나무가 마음대로 자라 화강암 비석을 밀어냈다는 사실에 아랑곳하지 않았고 오히려 무덤 앞에 설 때마다 너도밤나무 때문에 매번 더 옆으로 밀려나 있는 화강암 비석을 신기하게 여겼다. 이제 베르트하이머의 여동생은 곧 너도밤나무를 무덤에서 제거하고 화강암 비석을 다시 세울 것이고 그러기 전에 베르트하이머를 쿠어에서 빈으로 운구하여 가족 납골당에 안치하도록 조치를 취하겠지, 난 생각했다. 베르트하이머는 내가 아는 사람들 중에서 가장 열성적인 공동묘지 산책가였다. 나보다 더 열성적이었지, 난 생각했다. 나는 오른쪽 집게손가락으로 옷장 문에 앉은 먼지 위에 베르트하이머 이름의 첫 글자를 대문자로 썼다. 그 순간 데셀브룬에도 한번 들러보면 어떨까 하는 감상적인 생각이 떠올랐지만 즉시 접었다. 흔들리지 않기를 바라면서, 나는 데셀브룬에 가지 않는다, 앞으로 5, 6년 동안은 데셀브룬에 안 갈 거야, 라고 혼잣말로 중얼거렸다. 지금 데셀브룬에 간다면 난 틀림없이 쇠약해질 거야, 지금의 상태로 고향을 찾아가서는 안

---

* 로베르트 폰 리벤. 오스트리아 물리학자.
** 유대계 오스트리아 언론인으로 유대민족주의 운동인 시오니즘의 창시자.

돼, 창밖의 풍경은 삭막하고 사람을 병들게 하는, 내가 데셀브룬에 있을 때부터 이미 잘 알고 있었고 수년 전부터 더 이상 참을 수 없었던 그런 풍경이었다. 그때 데셀브룬을 떠나지 않았더라면 난 글렌보다도 먼저, 그리고 베르트하이머보다도 먼저 파멸했을 거야, 아니 서서히 죽어갔을 거야라고 말해야겠군. 데셀브룬 안팎의 풍경은 방크함 창밖의 풍경처럼 절대로 사람을 일으켜 세우거나 다독거리지 않고 모두를 위협하고 위압하며 서서히 죽어가는 풍경이니까. 그래도 우리는 태생지를 직접 고를 수는 없지, 난 생각했다. 하지만 그 태생지가 우리를 위압할 것 같으면 떠날 수 있다. 떠날 순간을 놓치면 그 태생지는 결국 우리를 살해한다. 나는 운이 좋아서 제때 떠났지, 라고 혼잣말로 중얼거렸다. 그리고 결국은 빈마저도 떠난 거야, 빈 또한 나를 압도하고 질식시킬 것 같아서, 적어도 부친의 은행계좌 덕분에 아직은 내가 살아 있을 수 있어, 라고 중얼거렸다. 시골은 생기를 불어넣는 동네가 아니야, 혼잣말로 중얼거렸다. 마음을 편하게 해주는 풍경이 아니야, 호감 가는 사람들이 아니야, 나를 노리고 있지, 난 생각했다. 나를 겁주지, 나를 기만하지, 시골에서는 마음 편할 날이 없었어, 난 생각했다. 툭하면 아팠고 불면증 때문에 자살하기 직전까지 갔지. 알트뮌스터에서 온 인부들이 내 스타인웨이를 가져갔을 때, 곧장 숨통이 트이는 것 같았지, 더없는 해방감을 느끼면서 데셀브룬을 돌아다닐 수 있었지, 난 생각했다. 스타인웨이를 알트뮌스터의 교사 딸에게 줘버렸다고 예술인지 뭔지를 포기한 건 아니잖아, 난 생각했다. 스타인웨이를 천박한 교사와 우둔한 아이에게 줘버렸지, 난 생각했다. 교사한테 내 스타인웨이가 얼마짜리인지 얘기해줬더라면 그 사람은 틀림없이

깜짝 놀랐을 거야, 그 악기 값이 얼마나 나가는지 그는 전혀 모르고 있지, 난 생각했다. 스타인웨이를 빈에서 데셀브룬으로 옮겨 올 때부터 스타인웨이가 데셀브룬에 오래 있지 않으리라는 걸 알고 있었지만, 교사네 아이한테 줘버릴 줄은 전혀 몰랐다. 스타인웨이가 있는 한 나는 자유롭게 글을 쓸 수가 없었어, 스타인웨이가 영영 집을 떠나던 순간 느꼈던 그런 자유를 이전에는 느끼지 못했지, 난 생각했다. 글을 쓰려면 스타인웨이와 결별해야 했던 거다. 나는 14년 동안 글을 썼는데 당시에 쓴 것이 대부분 무용지물이 된 이유는 내가 스타인웨이와 결별하지 않았기 때문이다. 스타인웨이가 집을 떠나자마자 글이 더 잘 써졌어, 난 생각했다. 프라도 거리에 있을 때조차 스타인웨이가 빈(아니면 데셀브룬)에 있다고 생각했기 때문에 계속 실패작밖에 못 썼던 것이다. 스타인웨이를 버린 그 순간부터 다른 글을 쓸 수 있었다. 하지만 스타인웨이와 함께 음악까지 버렸던 건 아니야, 난 생각했다. 오히려 그 반대다. 다만 음악이 나에게 더 이상 파괴력을 행사하지 않았고 더는 큰 고통을 주지 않았던 거지, 난 생각했다. 시골의 풍경을 들여다보면 겁에 질린다. 어떤 일이 있어도 이 풍경 속으로 돌아가고 싶지 않다. 모든 것이 회색이고 사람들을 보면 기분이 우울해진다. 만약 귀향을 한다면 난 방에 틀어박혀 쓸데없는 생각만 하게 될 거야, 난 생각했다. 그러다 여기 사람들처럼 돼버리겠지, 여주인만 봐도 알수 있어, 모든 것을 장악하고 있는 이곳의 자연에 의해 완전히 망가진 여주인 같은 사람, 천하고 비열한 것에서 헤어나오지 못하는 그런 사람 말이야, 난 생각했다. 이런 악의적 풍경 속에 있었더라면 나는 시들어 죽고 말았을 거야, 하지만 데셀브룬으로 안 가면 됐을 거 아닌

가, 상속을 그냥 포기했으면 되지 않는가, 그 집을 그냥 방치하긴 했지만 말이야, 난 생각했다. 데셀브룬의 집은 원래 제지공장 사장이던 종조부 한 분이 짓게 한 곳으로, 종조부한테 자식이 많았기에 방도 많은 대저택이다. 그런 집을 그냥 방치한 것, 그게 나를 구한 것임에 틀림없다. 부모님을 따라 처음에는 여름에만 데셀브룬에 갔고, 그러다가 몇 년씩이나 데셀브룬과 방크함에서 학교를 다녔지, 잘츠부르크에서 인문고등학교를 다니다가 모차르테움에 진학했고, 빈 아카데미에서도 1년 수학했지, 다시 모차르테움에 갔다가 또 빈에 갔고, 그러다 결국 야망을 품고 영영 은둔하겠다는 생각을 가지고 데셀브룬으로 갔지, 하지만 얼마 안 가서 막다른 골목에 몰린 심정이 되어 실패하고 말았지, 피아노 대가의 길을 도피처 정도로 삼았었지만 그래도 완벽의 극치에 이를 때까지 밀고 갔었지, 난 생각했다. 그리고 내 실력이 절정에 달했을 때 모든 것을 그만두었지, 내팽개쳤다고 할 수밖에 없지, 나 자신이 날려버린 거지, 스타인웨이를 선물로 줘버렸지, 이곳에 6, 7주 동안 내내 비가 내리고 사람들이 쉴 새 없이 내리는 빗속에서 머리가 돌 지경이 되고도 자살하지 않으려면 보통 의지가 필요한 게 아니지, 난 생각했다. 하지만 여기 사람들 중 절반은 '저절로' 파멸당하는 것이 아니라 오늘이나 내일 스스로 목숨을 끊지, 여기 사람들한테는 천주교 아니면 사회주의 당밖에 없지, 둘 다 이 시대의 가장 구역질 나는 단체들이지, 마드리드에 있을 때라면 적어도 하루에 한 번은 식사를 하기 위해 외출하겠지만, 여기에서였으면 나의 막을 수 없는 퇴화 과정 때문에 집에서 한 발자국도 나가지 않았을 거야, 난 생각했다. 하지만 집을 팔아버릴 생각 역시 진지하게 해본 적이 없다. 지난 2

년 동안 그런 생각을 하긴 했지만 아무런 결론도 얻지 못했다. 그렇다고 해서 그런 업무를 담당하는 자들에게 데셀브룬의 집을 팔지 않겠다고 약속한 적도 없지, 난 생각했다. 부동산 중개인 없이는 매각이 불가능하지만 그들이라면 생각만 해도 소름 끼쳐, 난 생각했다. 데셀브룬의 저택 같은 곳을 몇 년 동안 그냥 황폐하게 내버려두면 되지, 안 될 게 뭐 있어, 절대로 데셀브룬에는 안 가, 난 생각했다. 여주인이 나를 위해 차를 끓여놓았기 때문에 식당으로 내려갔다. 나는 예전에도 곧잘 앉았던 창가 테이블에 자리를 잡았지만 시간이 멈춰버린 것 같은 느낌은 없었다. 여주인이 부엌에서 일하는 소리가 들렸는데 아마 한두시쯤 학교에서 돌아오는 아이를 위해 뭔가를 만드는 중이라고, 굴라시*를 데우고 있거나 야채수프를 끓이는 중이라고 생각했다. 우리는 머리로는 다른 사람들을 이해하지만 실제로는 다른 사람들을 참아내지 못하고, 어쩔 수 없이 그들을 상대하며 자기 입장에서만 그들을 대하지, 난 생각했다. 하지만 자기 입장에서만 그들을 바라봐서는 안 되고 모든 각도에서 바라보고 대해야 하는 거야, 사람들을 대할 때, 아무런 선입견이 없다고 말할 수 있어야 하는데 실제로는 그렇게 못 하지, 난 생각했다. 여주인도 한때 나처럼 폐에 이상이 있었다. 그녀도 나처럼 삶에 대한 의지로 폐병을 몰아낼 수 있었다. 여주인은 간신히 초등학교를 졸업했고, 지금까지도 완전하게 밝혀지지 않은 살인 사건에 연루된 삼촌의 여관을 인수했지, 난 생각했다. 그 삼촌은 이웃집 사람과 함께, 여관에 투숙 중이던 빈 출신의 **재봉 재료 외관원**을 바

---

* 파프리카와 야채를 넣은 소고기 스튜.

로 지금의 내 옆방에서 목 졸라 죽였다고 한다. 빈에서 온 그 외판원이 가지고 있던 어마어마한 돈을 챙기려 했다는 거다. 디히텔뮐레라고 불렸던 여관은 그 사건 이후로 악명 높은 곳이 됐다. 살인사건이 알려지면서부터 디히텔뮐레는 장사가 잘 안 됐으며 2년 넘게 문을 닫기도 했다. 재판소 측은 살인자의 조카딸에게 디히텔뮐레를 넘겼고 다시 문을 열게 된 디히텔뮐레를 조카딸이 운영하긴 했지만, 살인사건이 일어나기 전의 디히텔뮐레로 돌아갈 수는 없었다. 여주인의 삼촌에 대해서 더 이상 들리는 소문은 없었지만, 20년 형을 받은 다른 살인자들과 마찬가지로 12~13년 형만 살다가 가석방되지 않았나 싶다. 어쩌면 이 세상 사람이 아닌지도 모르지, 난 생각했다. 하지만 나는 여주인한테 그녀의 삼촌 소식을 물어볼 생각은 없었다. 이미 여러 번, 그것도 내 요청에 의해 여주인이 들려준 살인 이야기를 또 듣고 싶지는 않았으니까 말이다. 빈에서 온 외판원 살인사건은 당시에 큰 파란을 일으켰으며 재판이 진행되는 동안 일간지는 매일 그 얘기로 도배되었다. 디히텔뮐레가 문을 닫은 지 한참이나 지났고 특별히 눈에 띄는 것이 없었음에도 불구하고 몇 주 동안이나 그 주위에는 호기심에 찬 사람들이 진을 치고 있었다. 그곳은 살인사건이 벌어진 후로는 살인집이라고만 불렸으며, 디히텔뮐레에 갈 때도 살인집에 간다고 말하는 것이 다반사였다. 그 소송은 간접 증거에만 의거한 재판이었지, 난 생각했다. 재판소는 여주인의 삼촌이나 공범자의 살인죄를 입증하지 못했고 공범자였다는 이의 가족도 이 사건 때문에 불행에 빠졌다고 한다. 재판소조차 '도로 관리인'이었던 공범자가 여주인의 삼촌과 함께 그런 저속한 살인을 저질렀을 리가 없다고 생각했던 것은, 그 사람이

어딜 가나 상냥하고 겸손하고 두루두루 건전한 인품을 지닌 사람으로 통했기 때문이며, 그를 아는 사람들은 지금까지도 그가 상냥하고 겸손하고 건전한 인품의 소유자였다고 이구동성으로 말한다. 하지만 배심원들은 여주인 삼촌뿐만 아니라 도로 관리인이었던 사람한테도 최고형을 언도했는데, 도로 관리인이 그사이에 죽었다는 사실은 그 부인이 여기저기 떠들고 다녀서 안다. 인간을 증오하는 배심원들로 인해 아무런 죄도 없는 자신이 희생양이 돼버린 것에 절망한 나머지 죽었다는 거다. 재판소들은 무고한 사람들과 그 가족을 평생토록 망쳐놓고도 아무렇지 않게 자신의 일상 업무로 돌아가지, 난 생각했다. 그리고 순간적인 기분에 내렸던 판결이기도 하지만, 무엇보다 자신과 비슷한 사람들을 향한 주체할 수 없는 증오에 이끌려 판단을 했던 배심원들이 이제 와서 무고한 사람들에게 되돌릴 수 없는 죄를 저질렀음을 인정한다 해도 오판을 내렸던 자신을 너무나 쉽게 용서한다. 배심원들의 판결 중 절반은 오판에 의거한다고 들었는데, 디히텔뮐레 소송이라 불린 이 사건의 경우도, 난 배심원들의 오판이었다고 확신한다. 오스트리아의 지방재판소에서는 해마다 배심원에 의한 오판이 수십 건씩 발생하는 것으로 유명하다. 그러니까 무죄인 사람들 수십의 파멸을 노리고 있다는 얘기인데, 무죄인 그들은 우리나라 교도소에서 주로 종신형을 살 뿐만 아니라 나중에 명예회복의 기회조차 없다. 더구나 우리나라 감옥과 교도소에는 유죄인 사람들보다는 무죄인 사람들이 더 많이 수감되어 있는데, 그건 인간을 증오하는, 즉 자기네와 다를 것 없는 사람들을 증오하는 배심원과 양심 없는 판사들이 너무도 많은 탓이다. 그들은 자신의 불행과 더러운 성질을 해소하기 위해 끔찍

한 상황 때문에 재판을 받게 된 힘 없는 이들을 악용한다. 신문을 유심히 들여다보면 알 수 있듯 오스트리아의 재판권은 참으로 사악하지, 난 생각했다. 하지만 그들의 범죄 중 극소수만이 폭로되고 밝혀진다는 걸 알면 재판권이라는 게 훨씬 더 사악한 것임이 틀림없다. 나는 개인적으로 여주인의 삼촌이 13~14년 전의 살인자 내지는 (좀 더 괜찮은 표현을 쓰자면) 살인자의 조수가 아니었다고 확신한다. 도로 관리인도 사실은 무죄였을 것이다. 나는 아직도 법정 진술문을 잘 기억하고 있는데, 디히텔의 주인으로 통했던 여주인의 삼촌과 이웃이었던 도로 관리인은 무죄판결을 받았어야 마땅하며 결국은 검사도 이를 옹호하게 되었지만 배심원들은 두 사람이 저지른 잔인한 살인이라는 투표 결과를 내놓아, 디히텔의 주인과 도로 관리인을 가르스텐 교도소로 사라지게 만들었던 거야. 난 생각했다. 이런 끔찍한 소송을 재개할 용기와 재력을 가진 사람이 없다면 디히텔 주인과 도로 관리인의 사건처럼 오판으로 끝나는 것이며, 무죄였던 두 사람에게 이처럼 끔찍한 부당행위를 저지른 사회는 유죄든 무죄든 상관없다는 태도를 보이면서 두 사람을 끝까지 외면하지. 디히텔뮐레 소송이라고 불렸던 그 소송이 생각나는 바람에 창가 테이블에 앉아 있던 내내 그 생각에 잠겨 있었다. 작업복 차림으로 파이프를 피우고 있는 디히텔의 주인 사진이 맞은편 벽에 걸려 있어서 떠오른 생각이기도 했다. 그러면서 나는 여주인이 그 사진을 벽에 걸어놓은 이유는 삼촌 덕분에 그녀의 생계를 유지할 수 있기 때문만이 아니라 디히텔 주인이 완전히 잊히지 않게 하기 위함이었을 거라고 생각했다. 그러나 디히텔뮐레 소송을 실감나게 지켜봤던 이들은 대부분 죽고 없지, 요즘 사람들은 이 사진

을 봐도 아무런 느낌이 없을 거야, 난 생각했다. 하지만 디히텔뮐레에
는 틀림없이 중죄의 냄새가 남아 있어, 물론 사람들은 그 점에 끌리는
거야, 난 생각했다. 어떤 사람들이 의심을 받고 기소당하고 감금되는
걸 지켜보는 게 싫지 않은 거야, 그게 사실이야, 범죄였음이 드러나면
더욱더 말이야, 라고 난 맞은편에 걸린 사진을 바라보며 생각했다. 여
주인이 부엌에서 나오면 삼촌은 어떻게 됐느냐고 물어봐야지 생각했
다가 곧바로 아니야, 물어보지 말아야지라고 난 생각했다. 물어봐야
지, 물어보지 말아야지를 반복하면서 내내 디히텔의 주인 사진을 쳐
다봤다. 그러면서 여주인한테 그 사건에 대해 시시콜콜 물어봐야지,
시시콜콜 물어보지 말아야지 사이에서 결정을 내리지 못했다. 평범
한―하지만 결코 평범한 사람은 없지―사람을 느닷없이 하룻밤 만
에 그의 환경으로부터 떼내서 교도소에 집어넣지, 언젠가 교도소에서
다시 풀려나온다 해도 완전히 폐인이 되어, 법적 폐인이라고 부를 수
밖에 없는 사람이 되어 나오게 되는데, 그건 결국 사회 전체의 잘못이
다. 소송이 끝나자마자 신문들은 디히텔의 주인과 도로 관리인이 사
실은 무죄가 아닐까 하는 의혹을 제기하며 관련 논평 기사를 실었지
만, 소송이 끝나고 2, 3일이 지나자 디히텔뮐레 소송은 더 이상 거론
되지 않았다. 소송에 관한 논평 기사에 따르면, 살인자로 낙인찍혀 종
신형 선고를 받은 두 사람은 그 살인을 저질렀을 리가 없고 제3자 또
는 다수의 제3자들이 살인을 저질렀음에 틀림없었지만 이미 배심원
들의 판결이 내려진 상태라 소송은 결국 재개되지 않았다. 지금껏 지
켜본 일 중에서 이 세상의 형법 사례들처럼 나를 흥분시킨 것도 드물
다. 우리 사회의 형법 사례를 쫓아가다 보면 우리는 매일같이 기적을

체험할 수 있다. 빨래 때문에 김이 서린 부엌에서 여주인이 지저분한 모습으로 나와 내 테이블에 앉았을 때, 나는 결국 그녀의 삼촌인 디히텔의 주인은 어떻게 됐느냐고 묻고 말았다. 아주 조심스러웠다. 삼촌은 히르쉬바흐에 사는 자기 형한테 갔다고 했다. 히르쉬바흐는 체코 국경 근처에 있는 작은 마을인데 여주인은 거기에 딱 한 번밖에 못 가봤고 그것도 벌써 여러 해 전의 일이었다고, 그때 자기 아들이 세 살밖에 안 됐었다고 했다. 여주인은 삼촌한테 아들을 보여주면, 보기보다 훨씬 더 많은 돈을 가지고 있으리라 짐작되는 삼촌이 곤궁에 처한 그녀를 돕지 않을까, 돈을 좀 주지 않을까 기대했었다는 거다. 오로지 그 목적으로 아들과 함께 기차를 타고 체코 국경에 있는 히르쉬바흐까지 가는 고행을 무릅썼다고 했다. 그때가 남편, 즉 여주인 아들의 아버지 되는 사람이 죽은 지 반년이 지났을 때이며 아들은 어려운 형편에도 불구하고 아주 잘 자라고 있었다. 그런데 삼촌은 여주인을 만나려고 하지도 않고 자기 형을 시켜 집에 없다고 했으며 코빼기도 내밀지 않아서, 아들까지 데리고 그곳에 갔던 여주인은 결국 아무것도 이루지 못한 채 방크함으로 돌아왔다는 거다. 사람이 어쩌면 그렇게 냉정할 수 있느냐고 했지만 삼촌을 이해 못 할 것도 없다고 여주인은 말했다. 삼촌은 더 이상 디히텔뮐레나 방크함에 대해 알고 싶어 하지 않았다는 것이다. 교도소에 수감되었던 사람들은 그곳에서 얼마를 복역했든 석방되고 나면 자신이 살던 곳으로 돌아가지 않습니다, 라고 나는 말했다. 여주인은 히르쉬바흐 삼촌이라도 조카딸의 생계 유지에 도움을 주리라 기대했지만, 그때나 지금이나 여주인의 마지막 친척이나 다름없는 그 두 사람의 도움을 받지 못했다는 거다. 그 두 사람은

히르쉬바흐에서 빈곤한 형편인 것처럼 보이지만 사실 훨씬 더 많은 재산을 가지고 있는 걸로 여주인은 알고 있는 모양이었다. 여주인은 두 삼촌의 재산을 넌지시 암시하기도 했는데, 눈물이 날 정도로 초라한 금액이긴 했지만, 여주인한테는 그래도 아주 큰 액수로 여겨져서 그 돈으로 결정적인 원조를 받을 수 있기를 기대했던 거지, 난 생각했다. 노인네들은 필요한 게 아무것도 없으면서 나이가 들수록 인색해지며, 인색함은 갈수록 늘어 후손들이 자기가 보는 앞에서 굶어 죽는다고 해도 전혀 당황하지 않는다는 것이다. 여주인은 히르쉬바흐 여행에 관해서도 이야기해주었는데, 방크함에서 히르쉬바흐까지 가는 것이 얼마나 복잡한지 모른다고, 아픈 아이를 데리고 기차를 세 번이나 갈아타야 했고, 히르쉬바흐에서 돈을 못 받았을 뿐만 아니라 다녀오고 나서 몇 달씩이나 지독한 인두염으로 고생했다고 했다. 히르쉬바흐에 다녀오고 나서 삼촌의 사진을 벽에서 떼버릴까 생각했다가 그러면 손님들이 왜 그랬느냐고 물을 게 뻔한데, 매번 자초지종을 얘기하기가 싫어서 그냥 벽에 걸어뒀다고 했다. 그렇게 되면 사람들은 또 소송에 대해서 시시콜콜 알려고 들 텐데, 그러고 싶지 않다고 여주인은 말했다. 히르쉬바흐에 다녀오기 전에는 사진 속의 삼촌을 사랑했던 게 사실이지만 히르쉬바흐를 다녀온 **이후로**는 삼촌을 증오할 수밖에 없었다고 했다. 자기는 삼촌을 최대한 이해해줬는데 삼촌은 그녀를 전혀 이해해주지 않았다는 거다. 디히텔밀레를 다시 여관으로 되살려놓은 사람은 결국 자신이 아니었느냐고 여주인은 말했다. 최악의 상황 속에서도 집이 낙후되지 않게 유지하고 기회가 많았음에도 팔지 않았다는 거다. 여주인의 남편은 요식업에 관심이 없는 사람이었다고

여주인은 말했다. 남편을 처음 만난 건 레가우에서 열린 카니발 행사에서였는데, 레가우의 한 여관에서 처분하는 안락의자 몇 개를 여주인의 여관에 사들이려고 그곳에 갔다는 거다. 여주인은 그 남자를 본 순간 그가 아주 선량한 사람이고 일행 없이 혼자 앉아 있다는 걸 눈치 챘다고 했다. 그래서 남자의 테이블에 앉았고, 그를 방크함으로 데려왔으며 그것이 인연이 되어 방크함에 남았다는 거다. 하지만 그는 결코 식당을 운영할 사람은 아니었다고 여주인은 말했다. 이 동네 부인들이라면—여주인은 실제로 부인들이라는 말을 사용했는데—누구나 자기 남편이 제지기계에 빠지거나 제지기계 때문에 손이나 손가락 몇 개를 잃을지도 모른다는 걸 각오해야 돼요, 라고 여주인이 말했다. 남자들이 제지기계 때문에 다치는 일이 비일비재하다고 했다. 둘러보면 이 동네에서 돌아다니는 남자들은 전부 제지기계 때문에 불구가 된 사람들이라는 거다. 이곳 남자들 중 90퍼센트가 제지공장에서 일하는 사람들이에요, 여주인은 말했다. 자기 자식들도 제지공장에 보내겠다는 것 말고는 별다른 계획이 없죠, 여주인이 말했다. 몇 세대째 반복되고 있는 메커니즘이지, 난 생각했다. 그러다가 제지공장이 망하면 전부 길거리로 내쫓기는 거죠, 라고 여주인은 말했다. 제지공장이 문을 닫는 건 시간문제라고 여주인은 말했는데, 일이 돌아가는 걸 보니 그렇다는 거다. 제지공장은 국영기업인데, 다른 국영기업과 마찬가지로 수십억 원대의 빚을 졌기 때문에 조만간 문을 닫을 수밖에 없다는 얘기다. 이곳의 모든 것이 제지공장을 바탕으로 세워진 건데 제지공장이 문을 닫는다면 모든 게 끝장나는 거예요. 그러면 여주인 자신도 끝장이라는 거다. 손님 중 90퍼센트가 제지공장에서 일하는 사람들이

기 때문이라고 여주인은 말했다. 제지공장에서 일하는 사람들은 그래도 돈을 쓰지만 벌목꾼들은 그렇지 않다고 했다. 그리고 몇 안 되는 농부들은 고작 일 년에 한두 번밖에 못 보고, 농부들은 소송이 있던 당시부터 디히텔뮐레에 오는 것을 꺼리며, 들어온다 해도 껄끄러운 질문만 던진다는 거다. 여주인은 길이 보이지 않는 미래에 대한 생각을 내려놓은 지 오래됐다고 했다. 무슨 일이 생기든지 그녀는 상관없다는 거다. 아들은 이제 열두 살이나 됐고 이 동네에서는 열네 살만 되면 부모에게서 독립하는 사람들이 많다는 거다. 저는 미래에는 전혀 관심이 없어요, 라고 여주인이 말했다. 자기는 베르트하이머 씨를 항상 손님으로 반겼다고 했다. 하지만 그런 고상한 양반들은 자기처럼 산다는 게 어떤 건지, 디히텔뮐레와 같은 곳을 운영한다는 게 어떤 건지 모른다는 거다. 그분들(고상한 양반들!)은 그녀로서는 납득이 안 가는 얘기만 할 뿐, 걱정거리가 전혀 없고 돈과 시간을 어디에 쓸까 고민하면서 시간을 허비한다는 거다. 여주인 자신은 돈이 넉넉했던 적도, 시간이 충분했던 적도, 마냥 불행하기만 한 적도 없었는데, 그녀가 고상한 양반들이라고 부른 자들은 항상 돈과 시간이 넉넉하면서도 자꾸 자기가 불행하다는 얘기만 한다는 거다. 자신은 베르트하이머가 항상 불행하다는 얘기만 한 게 너무 이해가 안 갔다는 거다. 베르트하이머는 새벽 한시까지 식당에 앉아 여주인에게 신세 한탄을 늘어놓은 적이 많으며 자기는 그런 그에게 자비를 베풀었다는 게 그녀의 표현인데, 베르트하이머가 밤중에 사냥 별장으로 돌아가지 않으려고 하기에 자기 방으로 데리고 올라갔다고 했다. 베르트하이머 씨처럼 행복을 누릴 조건을 모두 갖춘 사람이 어째서 그런 조건들을 감사하

게 생각할 줄 모르느냐고 여주인은 물었다. 그런 대저택을 가진 사람이 어쩌면 그렇게 불행할 수 있는지 모르겠다고 했다. 베르트하이머의 자살에 그렇게 놀란 것은 아니지만, 하필 치처스의 여동생 집 앞 나무에 목을 매는 몹쓸 짓을 했다는 건 도저히 용서가 안 된다는 거다. 여주인이 베르트하이머 씨라고 말하는 게 감동적인 동시에 역겨웠다. 한번은 그분한테 돈을 좀 빌려달라고 부탁한 적이 있죠, 하지만 돈을 안 주더군요, 냉장고를 새로 마련하기 위해 대출이 꼭 필요했거든요, 하지만 돈 얘기가 나오면 말이죠, 부자들은 인색하기 짝이 없어요, 라고 그녀는 말했다. 그래놓고는 베르트하이머가 돈을 아예 창밖으로 갖다 버렸다는 거다. 잘사는 부자들은 전부 인정머리 없다고 말하는 것을 보니, 여주인은 나도 베르트하이머처럼 비인간적인 부자로 보는 모양이었다. 그러는 댁은 인간적입니까, 라고 물었더니 여주인은 대답을 피했다. 여주인은 일어서더니 여관 앞에 선 큰 트럭에서 내린 맥주 운반 기사들을 맞이하러 나갔다. 여주인이 했던 말이 아직도 머릿속에서 맴돌아, 트라히에 가기 위해 곧장 일어서지 않고, 맥주 운반 기사들과 특히 여주인을 구경하려고 그냥 자리에 눌러앉아 있었다. 여주인이 여관을 드나드는 다른 사람들보다 맥주 운반 기사들과 훨씬 더 친하다는 것만은 분명해 보였다. 아주 어릴 적부터 선망의 대상이었던 맥주 운반 기사들은 오늘도 역시 내 관심을 끌었다. 맥주통을 트럭에서 내리고 복도로 굴려 와 첫번째 맥주통을 따준 다음 여주인과 옆 테이블에 앉는 모습에서 눈을 뗄 수가 없었다. 어렸을 때 나는 맥주 운반 기사가 되는 것이 꿈이어서, 그들을 아무리 구경해도 질리는 법이 없었지, 난 생각했다. 맥주 운반 기사들 옆 테이블에 앉아 그들을 지켜보던 나는

어릴 적 감정에 빠져들었다. 하지만 너무 오래 빠져 있지는 않고 자리에서 일어나 트라히에 가려고 디히텔밀레에서 출발했는데 나가기 전에 여주인한테 상황을 봐서 저녁때나 그보다 일찍 돌아와서 여관에서 저녁식사를 했으면 한다는 말을 남겼다. 나가는 길에 맥주 운반 기사들이 여주인에게 내가 누구냐고 묻는 소리가 들렸는데 귀가 밝은 나는 여주인이 내 이름을 속삭일 때, 스위스에서 자살한 멍청이 베르트하이머의 친구라는 소리를 알아들을 수 있었다. 사실 트라히에 가기보다 식당에 계속 앉아 맥주 운반 기사들과 여주인이 나누는 얘기를 엿듣는 것이, 그 사람들과 맥주나 한잔 같이 마시는 것이 더 낫겠다, 나가면서 그런 생각이 들었다. 우리는 우리가 평생 동경했던 서민들과 같이 앉아 있는 모습을 상상하곤 했다. 우리는 서민들을 현실과는 아주 다르게 상상하지, 왜냐하면 정말 그 사람들과 한자리에 있으면 그들이 우리가 생각하는 그런 사람들이 아니라는 걸 깨닫고, 우리 생각과는 달리 우리는 절대로 그들에게 속하지 않는다는 걸 깨닫게 되지, 그들 테이블에서, 그 사람들 사이에서 얻는 것이라고는 우리가 두려워하는 모욕뿐이며 우리가 그들과 같은 편에 서 있다고 생각한다거나, 괜찮으리라는 큰 착각 속에서 그들과 잠깐 합석한다면, 우리를 기다리는 건 모욕뿐이지, 난 생각했다. 한평생 그들을 동경해왔고 그들에게 다가가고 싶어 하지만 그들에게 마음을 여는 순간 우리는 가차없이 배척을 당하지. 베르트하이머는 소위 평범한 사람들, 그러니까 '서민들'과 함께 있고 그들에게 소속감을 느끼고 싶어 하는 욕구를 좌절당했다고 곧잘 얘기했으며, 서민들의 테이블에 앉고자 디히텔밀레에 들어갔다가 첫 시도에서 자기나 나 같은 사람들이 아무렇지도 않

게 서민들의 테이블에 앉을 수 있다고 생각하는 건 순전히 착각에 지나지 않는다고 얘기하곤 했다. 우리 같은 사람들은 서민들의 테이블에서 곧바로 제외되는 거야, 라던 베르트하이머의 말이 떠올랐다. 우리는 완전히 다른 테이블에서 태어난 거라구, 그런데도 우리 같은 사람들은 자기도 모르는 사이에 자꾸 서민들의 테이블에 이끌리지, 하지만 우리는 그들의 테이블 근처에는 얼씬도 못 해, 라던 그 친구의 말이 떠올랐다. 맥주 운반 기사라는 존재가 돼서 매일같이 맥주통을 싣고 내리고 오버외스터라이히*의 식당 복도로 굴려 들이고, 타락한 여주인들과 수다를 떨고, 매일 밤 피곤해서 곯아떨어지는 일을 삼사십 년 동안 계속하는 거야, 난 생각했다. 숨을 크게 들이마시고 속력을 내서 트라히로 향했다. 원한다면 완전히 익명으로 살아갈 수도 있는 도시에 비해 시골에서는 지금도 앞으로도 이 세상의 풀리지 않는 문제들을 훨씬 더 매몰찬 방식으로 접하게 되지, 시골에서는 끔찍하고 불쾌한 일들이 정면으로 들이닥치고, 그런 끔찍하고 불쾌한 일들은 우리를 틀림없이 파멸시킬 거야, 그건 내가 떠난 이후에도 달라지지 않았어, 난 생각했다. 다시 데셀브룬에 돌아간다면 난 반드시 시들어 죽을 거야, 절대로 데셀브룬에 돌아가면 안 돼, 5, 6년 후에도 마찬가지야, 라고 혼잣말을 했다. 오래 떨어져 있을수록 데셀브룬에 돌아가는 것은 더욱 불가능해지고, 마드리드나 다른 대도시에 있어야지 시골, 그것도 오버외스터라이히 주에 있는 시골은 절대 안 돼, 난 생각했다. 바람이 불고 추웠다. 트라히에 갈 생각을 했다니, 아트낭푸흐하

---

* 오스트리아 북부에 있는 주.

임에 내려서 방크함까지 오다니, 내가 정말 제정신이 아니었나보다. 이런 동네에서 베르트하이머가 정신이 나가 미쳐버린 건 당연할 수밖에 없어, 난 생각했다. 베르트하이머는 글렌이 늘 얘기했던 바로 그 몰락하는 자였다고 속으로 중얼거렸다. 베르트하이머는 아주 전형적인 막다른 골목형 인간이었고, 어느 막다른 골목에서 벗어나면 곧바로 다른 막다른 골목으로 들어갔어, 그러니까 트라히는 그 친구에게 늘 막다른 골목이었고, 나중에는 빈도 잘츠부르크도 그랬지, 잘츠부르크는 눈을 비벼봐도 그 친구에게 막다른 골목일 뿐이었고, 모차르테움이나 빈 아카데미, 피아노 전공도 그에게는 막다른 골목일 뿐이었지, 그 친구 같은 사람들이 가진 선택의 폭이란 여기 막다른 골목이냐 저기 막다른 골목이냐 둘 중에 하나를 선택하는 게 고작이고 그런 막다른 골목 메커니즘에서 결코 헤어나오지 못하지, 난 속으로 중얼거렸다. 우리의 몰락하는 자는 태어날 때부터 이미 몰락하는 자였어, 처음부터 몰락하는 자였다구, 그리고 우리 환경을 정밀하게 관찰한다면, 우리의 환경이 그런 몰락하는 자들로만, 베르트하이머와 같은 막다른 골목형 인간들로만 구성되어 있다는 걸 깨닫게 돼, 난 속으로 중얼거렸다. 글렌 굴드는 베르트하이머가 막다른 골목형 인간이라는 것을 첫눈에 알아봤으며, 누구보다도 먼저 무례하면서도 개방적인 북미인의 방식으로 몰락하는 자라는 별명을 붙여주었다. 다른 사람들도 베르트하이머에 대해 비슷한 생각을 하고 있었지만, 북미인 특유의 가차 없고 개방적이면서도 건전한 방식을 몰랐기 때문에 글렌 굴드처럼 거리낌 없이 말하지 못했던 거지, 다른 사람들도 모두 베르트하이머를 보며 몰락하는 자라는 생각을 떠올렸지만 감히 그를 몰락하는 자라고 부르지는 못

했던 거야, 어쩌면 다른 사람들은 상상력이 부족해서 그에게 어울리는 이름을 생각해내지 못했던 것일지도 몰라, 난 생각했다. 글렌 굴드는 베르트하이머를 얼마간 지켜보다가 별명을 생각해낸 것이 아니라 그를 보자마자 **몰락하는** 자라는 표현을 만들어냈다. 나처럼 오래 관찰하고 오랫동안 같이 지내고 난 후에야 비로소 막다른 골목형 인간이라는 표현을 생각해낸 것과는 질적으로 다르다. 우리는 늘 몰락하는 자들이나 막다른 골목형 인간을 상대하게 돼, 라고 중얼거리면서 나는 바람을 맞으며 서둘러 걸었다. 몰락하는 자들이나 막다른 골목형 인간은 온 힘을 다해 주변을 괴롭히고 다른 사람들의 피를 말리기 때문에 우리는 몰락하는 자들이나 막다른 골목형 인간을 피해 가느라 애를 먹지, 난 속으로 중얼거렸다. 바로 그런 나약한 체질의 사람이기 때문에 그들은 주변에 치명적인 영향을 미치지, 난 생각했다. 그들은 우리가 처음에 상상했던 것 이상으로 주변과 타인들을 가차 없이 대하고, 우리가 몰락하는 자와 막다른 골목형 인간의 메커니즘을 간파하고 피하려고 할 때는 이미 너무 늦어버린 경우가 많아, 그들은 기회만 닿으면 온 힘을 다해 타인을 아래로 끌어내리지, 난 속으로 중얼거렸다. 그들은 표적을 가리지 않아, 그게 자신의 친동생일지라도 말이야, 자기 불행, 몰락하는 자의 메커니즘으로 최대의 자본을 만드는 거지, 난 속으로 중얼거리며 트라히로 향했다. 그 자본이라는 게 나중에는 물론 쓸모없어지지만 말이야, 베르트하이머는 항상 그릇된 전제를 가지고 인생을 대했어, 난 속으로 중얼거렸다. 항상 올바른 전제하에서 자기 존재를 대했던 글렌과는 달랐던 거다. 베르트하이머는 글렌 굴드의 죽음조차 부러워했어, 글렌 굴드의 죽음조차 견디지 못해서

얼마 안 가 자살했다는 건데, 그가 자살하는 데 기폭제가 된 것은 여동생이 스위스로 가버렸다는 사실이 아니라, 글렌 굴드가 예술의 절정이라고 부를 수밖에 없는 순간에 뇌졸중으로 쓰러졌다는 사실을 견딜 수 없어서였어. 베르트하이머는 처음에는 글렌 굴드가 자기보다 피아노를 더 잘 친다는 것, 갑자기 천재 글렌 굴드가 돼버렸다는 사실을 참을 수가 없었던 거야, 그것도 천재성과 세계적 명성이 절정에 이르렀을 때 뇌졸중으로 쓰러졌으니까 말이야, 난 생각했다. 이에 비해 베르트하이머한테는 자기 손으로 자기 목숨을 끊는 길밖에 없었어, 난 생각했다. 과대망상증에 이끌려 쿠어행 기차를 타고 치처스에 가서 두트바일러의 집 앞에서 목을 매달았던 거야, 수치심도 없이 말이야, 난 생각했다. 두트바일러 부부와 내가 무슨 얘기를 나눌 수 있었겠어, 하고 스스로에게 묻고는 난 곧장 큰 소리로 대답했다. 아무것도 없어. 베르트하이머의 여동생한테 내가 그녀의 오라비에 대해서 무슨 생각을 해왔고 지금은 또 무슨 생각을 하고 있는지 말하라구? 그 얼마나 천하의 바보 같은 짓이야, 난 속으로 중얼거렸다. 그런 얘기를 했다면 두트바일러 부인은 귀찮아했을 것이며 나한테도 도움이 안 됐을 것이다. 하지만 두트바일러 부부의 식사 초대를 좀 더 공손하게 거절할 걸 그랬다는 생각이 지금에 와서 들었다. 내 거절은 공손하지 못했을 뿐만 아니라 아주 무뚝뚝했기 때문에 그들이 무안했을 텐데, 지금에 와서 그게 마음에 걸렸다. 사람은 신경 쓰이는 일을 잠깐 피해보겠다고 다른 사람을 무안하게 만드는 등 부당하게 행동하지, 불편한 대면을 피하겠다고 말이야, 난 생각했다. 베르트하이머의 장례식 후에 두트바일러 부부와 대면한다는 게 유쾌한 일은 아니었을 것이다. 그들

과 대면했더라면 나는 꺼내지 말아야 할 얘기까지 전부 꺼내놓고 말았을 테니까, 불공평하고 조심성이 없어 한마디로 치명적인 내 성격 때문에, 나도 싫지만 고쳐지지 않는 주관성 때문에 베르트하이머에 관한 모든 것을 꺼내놓게 됐을 것이다. 두트바일러 부부도 자기네 방식대로 베르트하이머와 관련된 이야기를 만들어 베르트하이머에 대해 똑같이 부당한 이미지를 만들어냈을 거야, 나는 속으로 중얼거렸다. 우리는 인간을 항상 틀리게 묘사하고 틀리게 평가해, 부당하게 평가하고 비열한 방식으로 묘사하지, 어떻게 묘사하고 어떻게 평가하든 간에 늘 마찬가지야. 쿠어에서 두트바일러 부부와 같이 점심식사를 했더라면 오해만 낳았을 테고 결국 양쪽 다 절망했을 거야, 난 생각했다. 그 부부의 초대를 거절하고 곧장 오스트리아에 돌아오길 잘한 거야. 하지만 아트낭푸흐하임에 내리지 말고 곧장 빈에 가서 내 집에서 하룻밤 자고 마드리드로 갈 걸 그랬어, 난 생각했다. 베르트하이머가 남기고 떠난 트라히에 가보겠다고, 방크함처럼 지저분한 곳에서 어쩔 수 없이 하룻밤 묵겠다고 아트낭푸흐하임에서 기차 여행을 중단한 나의 감상적인 면을 용서할 수 없었다. 트라히에 이제 누가 있느냐고 두트바일러 부인에게 물어보기라도 할 걸 그랬나봐, 이렇게 트라히에 가는 중인데도 누가 남아 있을지 짐작조차 못 하겠군, 여주인이 준 정보는 별로 믿을 것이 못 돼, 그녀는 항상 떠들기만 하고 앞뒤가 안 맞는 헛소리만 늘어놓으니까, 난 생각했다. 더군다나 두트바일러 부인이 벌써 트라히에 와 있을지도 모르겠군, 나처럼 저녁때 출발하지 않고 오후나 점심때 쿠어에서 트라히로 떠났을 수도 있지 않을까, 베르트하이머가 죽어서 쿠어에 묻혀 있으니 이제 오빠를 무서워할 필요도 없거니와, 이제 여

동생 말고 사냥 별장을 돌볼 사람이 또 누가 있겠어? 라고 난 생각했다. 그녀를 괴롭혔던 골칫덩어리는 이제 죽었어, 그녀를 파괴시킨 작자는 이제 이 세상에 없으니 그녀한테 한마디도 할 수가 없지, 난 생각했다. 늘 그렇지만 이번에도 과장이 심했다. 느닷없이 베르트하이머를 골칫덩어리라고, 여동생을 파괴하는 자라고 칭한 것이 내심 부끄러웠다. 늘 나는 다른 사람들을 그런 식으로 불공평하게 대하고 죄인 취급하지, 이런 불공평한 성격 때문에 나는 항상 고통받았어, 난 생각했다. 처음 만났을 때 너무나 혐오스럽게 느껴졌던 두트바일러도 지금 시점에서 보면 그렇게 혐오스러운 인간이 아닐지도 모른다는 생각이 들었는데, 그 인간은 분명히 트라히에 관심도 없고, 베르트하이머 가족의 일에 일절 관심이 없을 거야, 베르트하이머가 트라히와 빈에 무엇을 남겼는지 전혀 관심이 없어 보였단 말이야, 난 생각했다. 관심 있다고 해도 베르트하이머가 남긴 돈에만 관심이 있을 테고 다른 유산에는 무관심할 것이다. 하지만 베르트하이머의 여동생은 관심이 많은 게 당연하지 않은가. 그녀가 두트바일러와 결혼해서 오빠와 극단적인 방식으로 절연했다고 해서 오빠의 유산에까지 무관심할 거라고는 상상할 수 없었으며 추측건대 그와는 정반대로 그녀가 바로 지금, 그러니까 오빠가 보란 듯이 저지른 자살로 자유의 몸이 됐다고 볼 수도 있는 지금 그동안 관심을 보이지 않았던 베르트하이머 가족의 모든 것에 갑자기 크나큰 관심이 생기지 않았을까. 그리고 오빠의 이른바 정신과학적 유산에까지도 관심을 보일지 모른다는 생각이 들었다. 그녀가 트라히에서 수천 수십만에 이르는 쪽지들 앞에 앉아 그것을 읽고 있는 모습이 '정신적으로' 보였다. 문득 베르트하이머가 분명히 쪽지 한 장 안 남겼을

거라는 생각이 들었다. 문학적 유산 따위를 남기는 것보다 그게 그 친구와 더 잘 어울리니까. 진심이었는지는 모르겠지만 그 친구는 늘 문학적 유산 따위는 자기한테 중요하지 않다고 말했지, 난 생각했다. 자신에게 정신적 산물 따위는 중요하지 않다고 늘 주장하지만 그건 사실은 아주 중요시한다는 것을 의미한다. 다만 자기가 정신적 산물을 중요시한다는 것을 누군가가 밝힐지도 모른다는 수치심 때문에 공개석상에서는 자신이 하는 일을 깎아내린다. 베르트하이머도 정신과학이라고 부른 일과 관련해서 이 같은 속임수를 썼을지도 몰라, 그 친구는 그러고도 남지, 만일 그랬다면 정말로 그 친구의 정신 작업을 한번 들여다볼 기회가 생기는 건데, 난 생각했다. 갑자기 너무 쌀쌀해져서 옷깃을 세워야 했다. 원인이 무엇인지 자꾸 묻다 보면 이런저런 가능성을 떠올려보게 되지, 난 생각했다. 베르트하이머가 죽은 진짜 원인은 베르트하이머의 여동생이 치처스에 있는 두트바일러한테 가버렸다는 사실이 아니라 글렌의 죽음이라는 생각이 자꾸 들었다. 원인은 항상 땅을 더 깊이 파봐야 알 수 있다는 건 사실이다. 원인은 베르트하이머의 여동생이 마흔여섯 살에 오빠를 떠났다는 데 있지 않고, 글렌이 잘츠부르크에 있을 때 호로비츠 수업에서 연주했던 〈골트베르크 변주곡〉에 있어, 원인은 〈평균율 클라비어곡집〉이야, 난 생각했다. 베르트하이머의 여동생은 베르트하이머의 죽음에 아무런 잘못이 없어, 베르트하이머는 자살의 원인을 여동생한테 전가함으로써 자신의 자살과 삶의 파국의 원인이 다름 아닌 글렌이 해석한 〈골트베르크 변주곡〉과 〈평균율 클라비어곡집〉에 있다는 사실을 은폐하려고 했던 거야, 하지만 베르트하이머의 파국이 시작된 시점은 글렌 굴드가 그를 **몰락하는 자**라

고 부른 순간부터였어, 베르트하이머가 전부터 알고 있었던 것을 글렌은 북미인의 방식으로 망설임도 편견도 없이 말해버렸던 거야, 글렌은 몰락하는 자라는 말로 베르트하이머에게 치명상을 입힌 거야, 난 생각했다. 그건 베르트하이머가 이 개념을 처음 들어서가 아니라, 베르트하이머가 몰락하는 자라는 단어는 몰랐지만 몰락하는 자라는 관념만큼은 이미 오래전부터 알고 있었기 때문이다. 글렌 굴드가 결정적인 순간에 몰락하는 자라는 단어를 입 밖에 낸 거야, 난 생각했다. 우리는 말 한마디로도 한 인간을 파멸로 몰고 가는데, 우리가 파괴시키는 그 사람은 우리가 파멸적인 단어를 입 밖에 내는 순간에는 그것이 치명적이라는 사실을 눈치채지 못해, 난 생각했다. 치명적인 개념으로서의 치명적인 단어와 직면한 사람은 그것의 치명적인 영향력을 눈치채지 못해, 난 생각했다. 글렌은 호로비츠 수업이 시작되기도 전에 베르트하이머한테 몰락하는 자라는 말을 썼었지, 글렌이 베르트하이머한테 몰락하는 자라고 했던 시각도 정확히 댈 수 있지, 우리가 한 인간에게 정말 치명적인 말을 했다는 사실은 그 말을 하는 순간에는 모르지, 난 생각했다. 글렌이 모차르테움에서 베르트하이머를 몰락하는 자라고 부르고 28년 후에, 그러니까 글렌이 미국에서 베르트하이머를 또 한 번 그렇게 부르고 나서 12년 후에 베르트하이머는 자살했다. 자살자들은 우스꽝스러워, 라고 베르트하이머는 자주 이야기했다. 그중에서 목을 매달아 죽는 자들이 가장 역겨워, 라고도 했던 것이 생각났다. 지금 물론 눈에 띄는 것은 그 친구가 유난히 자살 얘기를 자주 했으며 그러면서 자살하는 사람들을 항상 놀림거리로 삼았다는 건데, 자살이나 자살자 같은 개념은 자기와 상관없는 것처럼, 둘 다 자기와 거리가 먼 것처럼 얘기

했던 것이다. 그러면서 내가 자살 후보자라고 더러 이야기했던 것이 트라히로 가는 길인 지금 생각났다. 자기 말고 내가 위험하다는 거였다. 그리고 그 친구는 자기 여동생도 자살할지 모른다고 생각했는데, 그건 아마 자신이 여동생의 실제 상황을 가장 잘 아는 사람이고 여동생이 처한 속수무책의 상황을 그 누구보다 잘 알고 있었으며, 그 친구가 자주 얘기했던 대로 동생을 간파했다고 믿었기 때문이다. 그렇지만 그의 여동생은 자살하기는커녕 스위스에 있는 두트바일러에게로 가서 그 사내와 결혼했지, 난 생각했다. 베르트하이머가 늘 혐오스럽고 역겹다고 말했던 바로 그런 방식으로, 그것도 하필 스위스에서 자살한 사람은 자신이었어, 반면 그의 여동생은 자살하지 않고 부유한 두트바일러와 결혼하려고 스위스로 갔지, 베르트하이머 자신은 나무에 목을 매달기 위해 치처스로 갔고, 호로비츠한테 배우려다가 글렌 굴드에 의해 파멸당한 거지, 난 생각했다. 글렌은 글렌 자신에게 이상적인 시점에 죽었지만, 베르트하이머는 자신에게 이상적인 시점에 자살하지 못했어, 난 생각했다. 내가 만일 글렌 굴드에 대한 묘사를 다시 한 번 시도한다면, 베르트하이머에 대한 글렌 굴드의 묘사도 다뤄야 할 텐데, 그렇다면 그 묘사의 중심에는 누가 있을지, 글렌 굴드가 될지 아니면 베르트하이머가 될지 의문이야, 난 생각했다. 글렌 굴드에서 출발하겠지, 〈골트베르크 변주곡〉과 〈평균율 클라비어곡집〉에서 출발하겠지. 하지만 내 경우에는 베르트하이머가 결정적인 역할을 할 것이다. 왜냐하면 글렌 굴드는 어떤 면에서든 항상 베르트하이머와 뗄 수 없는 관계에 있었고 베르트하이머도 글렌 굴드와 뗄 수 없는 관계에 있었기 때문이다. 하지만 전체적으로 봤을 때 글렌 굴드가 베르트하이머에게

더 큰 역할을 했을 수도 있다. 호로비츠 수업에 관한 얘기로 시작해야지, 레오폴츠크론의 조각가 집, 28년 전에 각자의 인생에 지대한 영향을 미칠 만큼 서로에게 다가갔던 우리에 대해 써야 해, 난 생각했다. 베르트하이머의 뵈젠도르프 대 글렌 굴드의 스타인웨이, 글렌 굴드의 〈골트베르크 변주곡〉 대 베르트하이머의 〈푸가의 기법〉, 난 그렇게 생각했다. 글렌 굴드의 천재성은 물론 호로비츠 덕은 아니었지만, 베르트하이머는 자신이 파멸당하고 파괴된 책임을 무조건 **호로비츠**에게 돌려도 돼, 왜냐하면 베르트하이머가 잘츠부르크에 가게 된 이유는 호로비츠라는 이름에 끌려서였으니까. 호로비츠라는 이름만 아니었더라면 절대로 잘츠부르크에 가지 않았을 거다. 적어도 베르트하이머에게 치명타를 가했던 그해에는 가지 않았을 것이다. 〈골트베르크 변주곡〉은 평생 불면증에 시달렸던 한 사람을 견딜 만하게 해주기 위한 목적으로 만들어진 데 비해, 베르트하이머의 경우는 죽게 만들었지, 난 생각했다. 본래는 **마음을 기쁘게 해주기** 위해 작곡되었던 〈골트베르크 변주곡〉이 250년이 흘러서는 희망 없는 한 인간이었던 베르트하이머를 죽인 셈이야, 나는 트라히에 가는 길에 생각했다. 내 기억으로는 28년 전에 베르트하이머가 모차르테움 2층의 33호 교실을 오후 네시 정각에 지나가지 않았더라면 28년 후에 쿠어 근처의 치처스에서 목을 매달아 죽지는 않았을 것이다. 바로 그 순간에 모차르테움의 33호 교실을, 글렌 굴드가 아리아라는 곡을 연주하고 있던 그 방을 지나갔다는 게 베르트하이머에게는 치명타였다. 베르트하이머는 그때 그 체험에 대해, 33호 교실문 앞에 서서 글렌이 아리아를 연주하는 것을 끝까지 듣고 있었다고 나에게 얘기했다. 베르트하이머는 그 순간 태어나서 처음으

로 쇼크를 경험했지, 난 생각했다. 글렌 굴드라는 영재는 베르트하이머와 내 사전에 없었던 것이며 사전에 있었더라도 심각하게 생각하지는 않았을 거야, 난 생각했다. 글렌 굴드는 그저 재주가 뛰어난 정도가 아니었다. 그 친구는 애초부터 피아노 천재였어, 난 생각했다. 그는 어릴 적부터 그저 대가의 경지에만 머무르는 것에 만족하지 않았다. 베르트하이머와 나는 시골에 각자 격리된 공간을 가지고 있었지만 그곳을 피했다. 글렌 굴드는 미국 뉴욕 근처에 스튜디오를 지었으며 그곳을 격리된 새장이라고 불렀다. 그 친구가 베르트하이머를 몰락하는 자라고 부른다면 나는 글렌을 동의하지 않는 자라고 부를 테야, 난 생각했다. 하지만 1953년은 베르트하이머에게 치명적이었던 해라고 부를 수밖에 없다. 왜냐하면 1953년은 글렌 굴드가 레오폴츠크론의 조각가 집에서 〈골트베르크 변주곡〉을 베르트하이머와 나만을 위해 연주했기 때문이다. 그러니까 그가 〈골트베르크 변주곡〉으로 단번에 유명해지기 여러 해 전에 말이다. 1953년에 글렌 굴드는 베르트하이머를 파멸시켰어, 난 생각했다. 1954년에는 글렌 굴드의 소식을 듣지 못했고, 1955년에 그가 잘츠부르크의 대축제 극장에서 〈골트베르크 변주곡〉을 연주했을 때, 베르트하이머와 나는 플라이 갤러리*에서 무대장치 기술자 여러 명과 함께 연주를 청취했는데, 무대장치 기술자들은 피아노 연주회에 가본 적이 없었음에도 글렌의 연주를 듣고는 열광했다. 매번 그렇듯 이번에도 땀에 흠뻑 젖어 있던 글렌, 베르트하이머를 뻔뻔스럽게 몰락하는 자라고 불렀던 북미인 글렌, 그전에도 그 후로도 내가 본

---

* 공연장의 무대와 천장 사이에 위치한 좁은 무대장치 조작대.

중에 가장 잘 웃는 사람인 글렌이 간스호프에서 웃던 모습을 떠올리며
나는 그와는 정반대였던 베르트하이머를 떠올렸다. 어떻게 정반대였
는지는 설명할 수 없지만, 글렌에 관한 에세이를 나중에 다시 쓴다면 그
때 시도해야겠다고 난 생각했다. 프라도 거리에 나를 가두고 글렌에
관해 쓸 거야, 그러면 베르트하이머는 저절로 윤곽이 잡힐 거야, 난 생
각했다. 너무 빨리 걸었더니 숨이 찼다. 벌써 20년도 넘게 이것 때문에
힘이 든다. 한 사람(글렌 굴드)에 대해 씀으로써 다른 한 사람(베르트
하이머)에 대한 생각이 더 많이 정리될 거야, 한 사람(글렌)의 〈골트베
르크 변주곡〉(그리고 〈푸가의 기법〉)을 듣고 또 들으면 다른 사람(베르
트하이머)의 예술(혹은 비예술!)에 대해 점점 더 많은 것을 알게 되고
또 거기에 대한 글도 쓸 수 있을 거야, 라고 난 생각하면서 갑자기 마
드리드가, 나의 스페인 집이, 프라도 거리가 그리웠다. 이때만큼 어떤
곳을 그리워해본 적은 없었다. 이번 트라히로 행한 발길은 사실상 기
분을 울적하게 만들었으며 어차피 소용없는 발길이 되리라는 생각이
자꾸 들었다. 아니면 지금 이 순간 갑자기 드는 생각처럼, 완전히 소용
없지는 않을 거라고 생각을 바꾸고 트라히를 향해 더 빨리 걸었다. 사냥
별장은 내가 잘 아는 곳인데 첫인상은 변한 게 아무것도 없다는 거였
고, 두번째 인상은 이 집이 베르트하이머 같은 사람한테는 아주 이상
적이라는 거였다. 하지만 오히려 그 반대였을 수도 있다는 생각이 뒤
를 이었다. 나와 (나 같은 사람들한테) 데셀브룬이 이상적인 것처럼
보였지만 예나 지금이나 결코 그렇지 않은 것과 마찬가지지, 난 생각
했다. 우리는 어떤 집을 보면 그 집이 우리 같은 사람들한테는 이상적
이라고 여기지만, 그 집은 우리의 목적에 절대 맞지 않아, 난 생각했

다. 어떤 사람이 우리한테 아주 이상적이라고 여기지만 사실 전혀 그렇지 않은 것과 마찬가지지, 난 생각했다. 트라히 별장의 문이 잠겨 있을 거라는 나의 추측은 빗나갔다. 정원 문뿐만 아니라 현관문까지 활짝 열려 있어서 나는 정원을 가로질러 곧장 현관으로 들어갔다. 나도 아는 벌목꾼 프란츠(콜로저)가 다가와서 인사했다. 오늘 아침에야 베르트하이머의 자살 소식을 들었으며 모두가 충격을 받았다고 했다. 그는 베르트하이머의 여동생, 두트바일러 부인이 내일 오겠다는 연락을 해왔다고 했다. 나보고 집으로 들어오라며, 자기가 좀 전에 환기를 시키느라 창문을 전부 열어놓았다고 했다. 불행하게도 자기 동료가 사흘간 린츠로 가고 없어서 자기 혼자 여기 있다며, 와주셔서 정말 다행입니다, 라고 했다. 나에게 물을 권했는데, 내가 물을 자주 마신다는 걸 잘 기억하고 있었던 거다. 괜찮다고, 내가 하룻밤 묵을 계획인 방크함의 여관에서 차를 마시고 왔다고 말했다. 베르트하이머는 여느 때처럼 이삼일간 여행을 다녀오겠다며 떠났는데, 이번에 다른 점이 있었다면 그건 여동생을 만나러 쿠어에 간다는 얘기를 덧붙였다는 점이라고 프란츠는 말했다. 베르트하이머가 트라히를 떠날 때 눈에 띄게 이상한 점은 없었다며, 차를 몰고 아트낭푸흐하임까지 갔으니 차는 틀림없이 역 앞 광장에 아직 서 있을 거라고 했다. 프란츠는 자기 주인이 떠난 지 정확히 12일이 됐다는 걸 계산해냈고, 내게서 자초지종을 듣더니, 그렇다면 베르트하이머가 벌써 11일 전에 죽었다는 사실을 알아냈다. 목매달아 죽었죠, 라고 나는 프란츠에게 말했다. 프란츠는 자신의 고용주였던 베르트하이머가 죽었으니 이제 모든 것이 달라지지 않을까 걱정이 된다고 했다. 게다가 두트바일러 부인이 이상한 사람이다 보니 더 그렇다

는 거였다. 비록 그는 조만간 나타날 두트바일러 부인이 두렵다는 말은 하지 않았지만, 그녀가 스위스 사람인 남편의 영향을 받아 사냥 별장을 멋대로 변화시킬까봐 두렵다는 거였다. 사냥 별장을 팔지도 모르죠, 라고 프란츠는 말했다. 결혼해서 스위스로 갔는데, 그것도 아주 부유한 스위스 사람과 결혼했는데 사냥 별장이 무슨 쓸모가 있겠느냐는 거였다. 이곳은 전적으로 부인의 오빠를 위한 집이었고, 부인의 오빠가 자신이 쓸 생각으로 개조하고 꾸몄으니 베르트하이머만을 위한 집이 아니겠느냐는 거였다. 그러니까 이 집이 다른 사람들한테 혐오스러울 수밖에 없는 거지, 라고 나는 생각했다. 베르트하이머의 여동생이 이곳에서 맘 편히 지낼 수가 없었던 것이, 그녀의 오빠는 여동생이 한마디도 못 하게 했으며, 이 집과 관련된 그녀의 소원은 조금도 들어주지 않았고 그녀의 취향대로 변화시키려는 발상들은 이미 싹부터 죽여버렸으며, 베르트하이머가 그 불쌍한 여인을 고문했다고 프란츠는 말했다. 두트바일러 부인은 자기 오빠를 증오할 수밖에 없을 거고, 그녀는 트라히에 있는 동안 단 하루도 행복하지 않았다는 거였다. 언젠가 그녀가 오빠한테 허락도 받지 않고 오빠 방의 커튼을 걷어 젖히는 바람에 오빠가 버럭 화를 내고 그녀를 방에서 내쫓았던 적이 있다고 프란츠는 말했다. 여동생이 손님을 초대하려고 하면 오빠가 못 하게 했다고 프란츠는 말했다. 또한 그녀는 옷도 마음대로 입을 수가 없었던 것이, 오빠가 원하는 옷만 입고 다녀야 했고, 날씨가 아무리 추워도 절대로 티롤 모자*를 써서는 안 됐다. 오빠가 티롤 모자를 싫어했고─나도 아

---

* 티롤리언해트. 오스트리아 티롤 사람들이 즐겨 쓰는 전통 모자.

는 바이지만—전통의상과 관련된 것이라면 전부 증오했다는 거다. 베르트하이머 자신도 전통의상을 연상시키는 옷이라면 절대로 입지 않았으며 그 덕분에 이 동네에서 곧바로 눈에 띄었다는 거다. 여기 사람들은 티롤 지방의 로덴으로 재단된 전통의상을 늘 입고 다녔으니까 말이다. 하긴 산맥 기슭처럼 기후가 끔찍한 곳에서는 정말로 이상적인 옷이지, 하고 난 생각했다. 아무튼 프란츠 말로는 전통의상이나 전통의상을 떠올리게 하는 것이라면 베르트하이머가 무조건 혐오했다는 거였다. 한번은 노동절 춤 행사와 관련해서 여동생이 베르트하이머에게 이웃집 여자와 베커베르크라는 곳에 가도 되느냐고 물었는데 베르트하이머가 못 가게 했다고 프란츠는 말했다. 신부와 만나는 일도 그녀는 포기해야 했는데, 베르트하이머는 천주교를 싫어했던 반면 그의 여동생은 천주교에 흠뻑 빠져 있었다고 했다. 베르트하이머의 버릇 가운데 하나는 한밤중에 여동생을 자기 방으로 불러서 옛날부터 방에 있던 풍금으로 헨델의 작품을 연주하라고 시키는 거였다고 했다. 프란츠는 정말 **헨델**이라고 했다. 여동생은 새벽 두시에 일어나 가운을 걸치고 오빠 방으로 가 추운 방 안의 풍금 앞에 앉아 헨델을 연주해야 했다고. 그러다 보니 그녀는 트라히에서는 툭하면 감기에 걸려 고생했다고 프란츠는 말했다. 베르트하이머는 여동생을 배려할 줄 몰랐다고 프란츠는 말했다. 여동생한테 낡은 풍금으로 한 시간이나 헨델을 연주하게 만들고는 나중에 같이 부엌에서 아침식사를 하면서 동생의 헨델 연주는 못 들어주겠다는 얘기를 했다고 프란츠는 말했다. 여동생한테 연주를 시키는 것은 다시 잠이 들기 위해서였다고 프란츠는 말했다. 베르트하이머 나리는 항상 불면증에 시달렸기 때문이라는 거였다. 그래 놓

고 아침부터 베르트하이머는 동생한테 돼지같이 연주했다고 말했다는 거였다. 베르트하이머는 여동생을 항상 트라히에 억지로 따라오게 만들었으며 프란츠 생각에는 베르트하이머가 자기 여동생을 증오하기까지 했던 것 같지만 여동생 없이는 트라히에서 혼자 살 수가 없었던 것 같다고 했다. 나는 베르트하이머가 항상 혼자 있고 싶다고 했지만, 사실은 혼자 있을 사람이 못 된다는 생각이 들었다. 그래서 베르트하이머는 증오했던 만큼 이 세상의 그 누구보다도 사랑했던 여동생을 항상 트라히로 끌고 와서 자기 방식대로 이용하려 했던 거였다. 프란츠의 말에 따르면 베르트하이머는 날씨가 쌀쌀해지면 여동생을 시켜 자기 방에 난방을 넣으라고 시켰던 반면 그녀의 방은 난방을 못 하게 했다. 산책도 오빠가 지정한 방향으로, 오빠가 정해놓은 시간에만 할 수 있었고 오빠가 여동생을 위해 정해놓은 산책 시간은 정확하게 엄수해야 했다고 프란츠는 말했다. 그녀가 주로 방에 들어앉아 있었지만 음악조차 들을 수 없었던 건, 그녀가 레코드판을 틀고 싶어 했지만 오빠가 그걸 참지 못했다는 거였다. 프란츠는 베르트하이머 오누이의 어린 시절을 지금도 생생하게 기억하고 있다며, 두 아이가 아주 즐거운 모습으로 트라히에 왔고 뭐든지 하려고 하는 활발한 아이들이었다는 거였다. 사냥 별장은 베르트하이머가(家)의 두 아이가 가장 좋아했던 놀이터였다고 했다. 베르트하이머 가족이 영국에 있던 시기, 즉 한 나치 관리인이 트라히에 들어앉아 있던 나치 시대에는 프란츠 말에 의하면 무시무시할 정도로 조용했다. 집이 황폐해진 건 그때였다고 했다. 관리인이 신경을 전혀 안 써서 모든 것이 그냥 방치됐다는 거다. 트라히에 들어앉아 있던 관리인은 허름한 나치 백작이었는데 프란츠에 의하면 그

사람은 아는 것이 없었고 트라히를 사실상 폐허로 만들어버렸다는 거였다. 베르트하이머 일가는 영국에서 귀국한 다음에, 그러니까 먼저 빈으로 갔다가 한참 뒤에 트라히로 왔을 때부터는 완전히 은둔 생활에 접어들어 주변 사람들과 왕래도 없었다는 거였다. 프란츠는 다시 그들에게 고용되었는데 베르트하이머 일가는 그에게 항상 후하게 사례했고, 프란츠가 나치 정권 시대에도, 그리고 그들이 영국에 있던 기간에도 베르트하이머 일가에게 충실했다는 사실을 항상 높이 샀다고 했다. 나치 시대에 나치들이 허용하는 것 이상으로 트라히를 보살폈다는 이유로 프란츠는 나치 감독청의 경고를 받는 것에 그치지 않고 벨스에서 두 달간 감방 생활을 해야 했으며 그 후로는 벨스라면 아주 질색을 하며 심지어 축제 기간에도 그곳에는 안 간다는 거였다. 베르트하이머 나리는 여동생이 성당에 나가는 것도 허락하지 않았습니다, 라고 프란츠는 나와 부엌에 함께 서서 말했다. 하지만 여동생은 몰래 저녁 예배에 참석했다는 거였다. 젊은 베르트하이머 오누이의 양친은 너무 일찍 세상을 뜨는 바람에 트라히를 별로 이용할 기회가 없었다고 프란츠는 말했다. 오누이의 양친은 메란에 가는 길이었다고 프란츠는 말했다. 베르트하이머의 부친은 메란에 갈 생각이 별로 없었지만 부인은 가길 원했다고 했다. 브릭센 근처에서 계곡 아래로 추락한 자동차는 보름이 지나서야 발견되었다고 프란츠는 말했다. 메란에는 베르트하이머의 친척들이 살고 있지, 난 생각했다. 프란츠는 이미 베르트하이머의 증조부 때부터 이 가문을 위해 일했다고 말했다. 프란츠의 부친도 평생 베르트하이머 가족만을 위해 일했다고 했다. 주인 양반들은 프란츠 가족에게 항상 잘해주었고 섭섭하게 한 적이 한 번도 없었으니 프란츠 가족으로

서도 불평할 일이 없었다는 거였다. 하지만 앞으로 어떻게 될지 예측할 수 없다는 거다. 두트바일러 양반에 대해 어떻게 생각하느냐고 나한테 물었지만 나는 고개를 저었다. 프란츠는 베르트하이머의 여동생이 트라히에 오겠다는 건 이곳을 팔기 위해서일지도 모르겠다고 했다. 나는 그렇게 생각하지 않는다고, 두트바일러 부인이 이곳을 팔지는 않을 거라고 말했지만, 속으로는 그녀가 이 집을 팔 생각을 하고 있을지도 모른다고 생각했다. 하지만 프란츠한테는 내 속마음은 얘기하지 않았다. 두트바일러 부인은 이 사냥 별장을 절대로 팔지 않을 거라고, 그건 상상도 할 수 없다고 확신에 차서 말했다. 평생직장을 잃을까봐 걱정하는 프란츠를 안심시키기 위해서였다. 베르트하이머의 여동생은 이 집을 팔고도 남아, 그것도 아주 순식간에 팔아버릴지도 몰라, 난 생각했다. 하지만 프란츠에게는 내 친구 여동생은 그럴 리가 없다고 말했으며, 특히 내 **친구 여동생**이라는 말에 힘을 실었다. 두트바일러 부부는 돈도 많은데 굳이 트라히의 별장을 팔 필요가 없다고 프란츠한테 말하면서도, 속으로는 두트바일러 부부가 돈이 많기 때문에 오히려 이 집을 재빨리 팔아버릴지도 모른다고 생각했다. 이 사냥 별장은 틀림없이 안 팔 겁니다, 라고 말하면서도 속으로는 즉시 팔아버릴지도 모른다고 생각했으며, 프란츠한테는 달라지는 것은 없으니까 안심하라고 해놓고, 속으로는 이제 이곳은 모든 게 달라지겠군, 하고 생각했다. 두트바일러 부인은 와서 처리할 일만 처리하고 갈 겁니다, 라고 프란츠한테 말하고, 두트바일러 부인이 혼자 오는지 아니면 남편이 동행하는지 물었다. 그건 부인이 얘기하지 않아 프란츠도 모른다고 했다. 나는 물을 한 잔 마시면서 트라히 물은 내가 그동안 마신 물 중에서 가장 맛

있는 물이라는 생각이 들었다. 베르트하이머가 스위스로 떠나기 전에 꽤 많은 사람들을 트라히로 초대했는데, 프란츠와 그의 동료가 모든 걸 정리하는 데 며칠씩이나 걸렸다고 했다. 이 별장에는 처음 온 사람들이지만 나리와 친한 사이로 보였던 빈 사람들이었죠, 라고 프란츠는 말했다. 그 사람들 얘기는 여관 주인한테 들어 알고 있습니다, 이 동네를 누비고 다녔다면서요, 예술가와 음악가 들이라고요, 난 말했다. 그러면서 나는 그 예술가와 음악가 들이 혹시 베르트하이머의 학우들이 아니었을까, 그러니까 빈과 잘츠부르크 아카데미 시절의 대학 친구들은 아니었을까 생각해봤다. 우리와 함께 대학을 다닌 이들을 전부 기억해내서 초대한다 해도 우리와 그 친구들 사이에는 더 이상 아무런 공통점이 없다는 것을 알아차리게 되지, 라는 가혹한 생각이 밀려들었다. 베르트하이머가 보내온 편지들, 특히 마드리드로 보내온 마지막 엽서가 생각이 났고 물론 양심의 가책을 느꼈다. 왜냐하면 베르트하이머가 보냈다는 예술가들의 초대가 나와도 연관이 있다는 생각이 들었기 때문이다. 하지만 베르트하이머는 그 사람들에 관해 나한테 얘기하지 않았지, 그리고 난 그 사람들을 만나러 트라히로 오지도 않았을 거야, 난 속으로 중얼거렸다. 누구를 트라히로 초대하는 일이 없었던 베르트하이머에게 도대체 어떤 변화가 있었기에 갑자기 수십 명씩이나 트라히로 불렀을까. 옛날 학우들이라고 해도 말이다. 더구나 학우들을 늘 증오했던 사람이 말이다. 옛날 학우들 얘기를 할 때면 항상 경멸한다는 느낌을 받았어, 난 생각했다. 그 사람들이 눈에 띄는 예술가 복장으로 동네를 누비고 다니며 웃고 난동을 부리는 모습만 보았을 뿐, 자세한 건 알 리가 없었던 여주인의 지나가는 말만으로 나는 문득 알았

다. 베르트하이머는 옛날 학우들을 트라히로 초대해서 몇 주씩이나 자기 앞에서 실컷 설치도록 내버려두었던 것이다. 나로서는 이해하기 힘든 사실이지만, 베르트하이머는 수십 년 동안 결코 학우들에 대해 알려고 하지도 않았으며, 언젠가 그들을 트라히로 초대하리라고는 꿈에도 생각 못 했을 텐데, 이제 와서 그렇게 한 모양이다. 이런 부조리한 초대와 그의 자살 사이에는 물론 연관이 있어, 난 생각했다. 그 사람들은 트라히에서 많은 것을 망가뜨렸다고 프란츠는 말했다. 그런데 프란츠의 눈에도 확연히 들어왔던 건, 그들과 같이 있을 때 베르트하이머가 쾌활했고, 그 사람들과 보낸 몇 주 사이에 그가 완전히 딴사람이 됐다는 사실이었다. 프란츠는 그 사람들이 보름도 넘게 트라히에 머물면서 기생충처럼 베르트하이머의 돈으로 먹고 지냈다고 했다. 프란츠는 여관 여주인이 빈에서 온 사람들을 가리켜 말했던 것과 똑같이 기생충이란 표현을 썼다. 하룻밤도 안 쉬고 매일 취할 때까지 마셨던 그들이 떠나고 나서 베르트하이머는 침대에 누워 이틀 동안 일어나지 않았다고 프란츠는 말했으며, 베르트하이머가 자는 동안 자신은 도시 사람들이 남겨놓고 간 쓰레기를 치우고 온 집 안을 다시 사람 살 수 있는 상태로 만들었다는 거였다. 그렇게 해서 베르트하이머 나리가 일어났을 때 난장판이 된 트라히의 모습을 안 보셔도 되게 하려 했다고 프란츠는 말했다. 특별히 프란츠 눈에 띈 게 한 가지 있었는데, 나한테는 중요한 사실일 것 같다며, 베르트하이머가 연주를 하겠다고 잘츠부르크에서 피아노를 가져오게 했다는 거였다. 빈에서 사람들이 오기 하루 전에 피아노를 주문해서 트라히로 배달시켰으며, 처음에는 그냥 혼자, 나중에 손님들이 다 왔을 때는 손님들을 위해 연주했다고, 베르트하이머가

바흐를 연주했다고, 10년도 넘게 연주하지 않았던 그가 바흐와 헨델을 연주했다고 프란츠는 말했다. 프란츠에 의하면 베르트하이머는 쉬지도 않고 바흐를 연주해서 손님들이 참지 못하고 집 밖으로 나갔다는 거였다. 손님들이 다시 집으로 돌아오면 다시 바흐를 연주하기 시작해 그들이 나가버릴 때까지 계속했다는 것이다. 베르트하이머는 피아노 연주로 손님들을 돌아버리게 만들 작정이 아니었나 싶다고 프란츠는 말했다. 왜냐하면 손님들이 집에 돌아오기만 하면 그는 바흐와 헨델을 연주하기 시작해 그들이 밖으로 도망칠 때까지 그치지 않았고, 다시 돌아온 손님들은 베르트하이머의 피아노 연주를 속수무책으로 견뎌야 했기 때문이란다. 그런 일이 **보름**도 넘게 지속되었다며, 나리가 미쳐버린 건 아닌가 싶었다고 프란츠는 말했다. 프란츠는 베르트하이머가 그들 앞에서 그렇게 끊임없이 연주하는 걸 손님들이 오래 버티지 못할 거라고 생각했지만, 그들은 보름도 넘게 머물렀다는 거다. 프란츠는 베르트하이머가 손님들을 돌아버릴 지경까지 몰고 가는 걸 봤기 때문에 혹시 베르트하이머가 손님들에게 뇌물을 준 것은 아닌지, 그들이 트라히에 머물도록 돈을 주지는 않았는지 의혹을 품게 됐다고 했다. 그런 **뇌물** 없이는 보름 동안이나 베르트하이머의 피아노 연주를 그 지경이 되도록 버텨내지는 못했을 거라고 프란츠는 말했으며, 나는 프란츠의 주장이 맞을 수도 있다고 생각했다. 베르트하이머는 그 사람들에게 돈을 줬을 수도 있고, 꼭 돈이 아니더라도 다른 것을 약속해줬기 때문에 그들이 보름, 아니 그보다 더 오래 머물렀을지도 모른다고 난 생각했다. 베르트하이머는 분명히 그들이 보름 넘게 머물기를 바랐을 거라고 난 생각했다. 그렇지 않고서는 그들이 보름 넘게 머물지는

못했을 거야, 나는 베르트하이머를 잘 알아, 그 친구는 그런 짓을 하고도 남아, 난 생각했다. 나리는 줄곧 바흐와 헨델만 연주했답니다, 쉬지도 않고 기진맥진할 때까지 말입니다, 라고 프란츠는 말했다. 마지막에는 베르트하이머가 이 모든 사람들을 위해 아래층의 큰 식당에서, 프란츠의 말을 빌리자면 성대한 석찬을 대접했고 그들에게 다음 날 아침까지 사라지라고 말했다는 거였다. 자기가 똑똑히 들었는데, 베르트하이머가 다음 날 아침 그들을 보는 일이 없었으면 한다고 말했다는 거였다. 그리고 정말 예외 없이 모두를 위해 그다음 날 아침, 그것도 새벽 네시에 아트낭푸흐하임으로부터 택시를 불렀으며 그들은 모두 그택시를 타고 가버렸는데 집을 난장판으로 만들어놓고 갔다는 거였다. 프란츠는 즉시 집 청소를 시작했는데, 그때는 나리가 이틀 동안이나 침대에서 일어나지 않을 줄은 몰랐다고, 하지만 잘된 일이었다며 사람들이 집을 어떤 지경으로 만들어놓고 떠났는지 나리가 봤더라면 아마기절했을 거라고 했다. 그들은 어떤 물건들은 정말 고의로 망가뜨렸다고 프란츠는 말했다. 트라히를 떠나기 전에 안락의자와 테이블도 엎어버리고 거울과 유리문 몇 개를 괜히 심술이 나서 깨부수었다고 프란츠는 말했다. 하지만 나는 베르트하이머에게 이용당한 게 화가 나서 그랬겠지, 라고 생각했다. 프란츠를 따라 2층으로 올라가봤더니 10년 동안 피아노가 없었던 자리에 정말로 피아노가 놓여 있었다. 아래층 부엌에서부터 프란츠한테 베르트하이머가 쓴 글들이 궁금하다고 했더니 프란츠는 두말 않고 나를 2층으로 데려갔다. 아무런 가치도 없는 에르바르 피아노였다. 그냥 보기에도 조율도 전혀 안 된 아마추어용 악기였지, 난 생각했다. 나는 뒤에 서 있던 프란츠 쪽으로 몸을 돌려 이

건 완전히 아마추어용 악기군요, 라고 말했다. 나는 자제하지 못하고 피아노 앞에 앉았다가 뚜껑을 곧장 쾅 닫아버렸다. 베르트하이머가 글을 가득 채워놓은 종잇조각들이 궁금하다고 프란츠한테 말했으며, 그것들이 어디 있는지 말해줄 수 있느냐고 물었다. 무슨 종이를 얘기하는지 모르겠다고 했지만 그는 다음과 같은 얘기를 들려주었다. 베르트하이머는 잘츠부르크의 **모차르테움으로** 전화를 걸어서 피아노를 주문한 날, 그러니까 트라히를 난장판으로 만들어놓고 떠난 그 사람들이 도착하기 하루 전에, 종이 더미를 아래층 난로, 즉 식당 방의 난로에 태웠다고 얘기해줬다. 종이 뭉치들이 무거워서 베르트하이머 혼자서는 아래층으로 들고 갈 수가 없어서 프란츠가 거들었다는 거다. 베르트하이머는 모든 서랍과 상자에서 수백, 수천 장의 종이들을 꺼내 프란츠의 도움으로 식당 방으로 들고 가서 태웠다는 거였다. 오로지 그 종이를 태우겠다는 일념으로 그날은 새벽 다섯시부터 식당 방 난로를 지피라고 프란츠에게 지시했다는 거였다. 종이를 전부 태우고 나서, 프란츠의 표현을 빌리자면 **쓰인 것을 전부** 태우고 나서, 잘츠부르크로 전화를 걸어 피아노를 주문했는데 나리가 통화하면서 자꾸 아무 가치도 없는, **끔찍할 정도로 조율이 안 된** 그랜드 피아노를 보내라고 강조했던 것이 아직도 기억에 생생하다고 했다. 프란츠의 말에 의하면, 아무 가치도 없는 악기, 끔찍할 정도로 조율이 안 된 악기 말입니다, 라는 말을 베르트하이머가 통화하면서 자꾸 했다는 거였다. 몇 시간도 지나지 않아 사람 넷이 피아노를 트라히로 배달해 와 예전의 음악실에 세워놨다고 프란츠는 말했다. 베르트하이머는 피아노를 음악실로 운반해준 인부들에게 **과한 팁을** 주었는데, 프란츠가 잘못 본 게 아니라면, 2천 실링이나 줬다

는 거였다. 피아노를 갖다 준 인부들이 떠나기도 전에 베르트하이머는
피아노 앞에 앉아 연주를 시작했다는 거였다. 프란츠는 끔찍했다고 했
다. 그때 프란츠는 나리가 미쳐버렸다고 느꼈던 모양이었다. 하지만
미쳐버릴 수도 있다는 사실은 믿고 싶지가 않아서 베르트하이머 나리
의 이상한 행동을 애써 넘겨버렸다는 거였다. 듣고 싶다면 그 후로 트
라히에서 벌어진 몇 주일의 일을 이야기해주겠다고 프란츠는 말했다.
나는 프란츠에게, 베르트하이머의 방에 잠깐 혼자 있고 싶다고 말하
고, 아직 뚜껑이 열려 있는 베르트하이머의 레코드 플레이어에 얹혀
있던 글렌의 〈골트베르크 변주곡〉을 틀었다.

예술의 절대성과 완벽성 앞에서
한없이 무너지는 인간상

　오스트리아에 남다른 증오를 품었던 토마스 베른하르트에게 증오
는 글쓰기의 중요한 원동력이 되었다. 30여 년의 창작 기간 동안 베른
하르트는 오스트리아의 보수적인 문화 정책이나 나치즘 청산 문제가
여전히 미해결 과제로 남아 있던 당시 정세에 대해 신랄한 비판을 가
했으며, 그로 인해 일찍이 '조국에 침을 뱉는 자' '둥지를 더럽히는
자'로 낙인찍혔다. 2004년 노벨문학상 수상 작가인 엘프리데 옐리네
크는 베른하르트를 "분노에 찬 사람"으로 묘사했다. 조국에 대한 분
노를 공유했던 옐리네크 역시 '둥지를 더럽히는 자'라는 낙인에서 자
유롭지 못했으며, 나아가 베른하르트가 세상을 떠난 뒤로 비난할 대
상을 잃은 오스트리아가 그 화살을 옐리네크에게 돌렸다는 평단의 지
적도 있었다. '과장'과 '언어 파괴'를 주요 서사 기법으로 사용한다는

점에서 깊은 유대를 맺고 있는 이 두 작가에 따르면, 과장이야말로 글쓰기의 필수 요건이며 과장을 통한 현실 파괴만이 현실을 직시할 수 있게 해준다. "언어는 고문을 당해야만 진실을 드러낸다"고 주장하는 옐리네크, 글을 쓰면서 "산문의 언덕 너머로 조금이라도 이야기가 끼어들 기미가 보이면 곧바로 쏘아 죽인다"며 스스로를 '이야기 파괴자'라고 불렀던 베른하르트. 두 사람은 상투적인 현실을 고발하기 위해서는 언어의 해체 작업이 우선임을 강조한다.

오랜 투병 생활 끝에 생을 마감하기 직전인 1989년, 베른하르트는 저작권법의 유효 기간 동안 자신의 작품이 오스트리아에서 출간되어서는 안 되며, 그 어떤 형태로도 오스트리아라는 국가가 자신의 일에 관여하는 것을 용납할 수 없다는 유언장을 남겼다. 그런데 얄궂게도 2003년 독일 주어캄프 출판사에서 출간하기 시작한 베른하르트 전집에 '오스트리아 정부 후원'이라는 문구가 찍혀 눈길을 끌었다.

등단 소설 『서리』(1963)로 단번에 유명 작가가 된 베른하르트는 『혼란』과 『석회 공장』 같은 초기작들에 이어 1975~1982년 사이에 다섯 편의 자전적인 작품(『원인』, 『지하실』, 『호흡』, 『추위』, 『한 아이』)을 출간했으며, 후기 소설에 속하는 『몰락하는 자』(1983)는 『벌목』, 『옛 거장들』과 함께 예술의 절대성과 완벽성에 관한 3부작을 이루고 있다. 마지막 소설 『소멸』(1986)에 이르기까지 베른하르트는 희곡을 제외하고 소설만 놓고 본다 해도 다작을 남긴 작가이다.

그의 작품들은 사건 전개가 없고 주로 내적 독백에 의해 서술되는 공통점을 보인다. 끊임없이 죽음과 질병, 자연과 학문, 고독과 파멸,

가족과 범죄 등에 대해 광범위하게 성찰하는 (남자) 주인공들은 고립된 자아의 고통을 이야기하면서도 그것만을 유일한 생존 방식으로 받아들이는 양면적 태도를 보인다. 『몰락하는 자』에서도 '이야기' 보다는 1인칭 화자의 회상과 성찰이 중심을 이룬다. 챕터 구분도, 그리고 첫 페이지를 제외하면 단락 나누기도 없다. 이와 같은 의식의 흐름 기법을 차용하면서도 "……라고 그는 말했지, 난 생각했다"와 같은 표현으로 '자연스러운' 독서의 흐름을 계속 방해하는가 하면, 회상하는 시점과 글을 쓰는 시점이 다르다는 점 또한 거듭 발견된다.

작가의 다른 작품들에서와 마찬가지로, 지금 여기에서 시공간적 틀을 제공하는 이 작품의 줄거리는 간단하다. 쉰한 살의 '나'는 그토록 증오하는 오스트리아를 떠나 현재는 마드리드에 살고 있다. 빈에 있는 집을 팔기 위해 오랜만에 귀국한 '나'는 28년 전에 함께 피아노를 공부했던 친구 베르트하이머가 죽었다는 전보를 받게 된다. 친구의 여동생이 살고 있는 스위스 쿠어의 장례식에 참석한 '나'는 베르트하이머가 불의의 사고로 죽은 것이 아니라 자살했다는 사실, 그것도 여동생의 집 앞에 있는 나무에 목을 매달아 죽었다는 사실을 알게 된다. 친구의 자살에 대한 단서를 찾기 위해 '나'는 베르트하이머가 죽기 전에 혼자 살았던 오버외스터라이히 주에 있는 마을을 찾아간다. 본인의 고향에서도 그리 멀지 않은 방크함에서 '나'는 베르트하이머가 즐겨 찾곤 했던 여관에 투숙하고, 그곳 여주인과 대화를 나눈 뒤에 베르트하이머가 살았던 사냥 별장을 찾아가 집안일을 돕는 벌목꾼과 얘기를 나눈다. 이런 '틀 이야기' 사이로 에피소드 형태로 펼쳐지는 '나'의 회상과 생각은 대부분 아주 짧은 순간 동안(여관에 들어가면서, 그 안

에서 여주인을 기다리는 동안, 베르트하이머의 집으로 걸어가는 동안 등) 일어나는 것임이 계속해서 언급된다.

베르트하이머는 왜 자살했을까? '나'는 끊임없이 그 원인을 규명하려고 하지만 끝내 명쾌한 결론에 도달하지 못한다. 한편 근친상간에 가까울 정도로 여동생에게 족쇄를 채워 일거수일투족을 감시했던 베르트하이머는 마흔여섯 살의 여동생이 부유한 스위스인과 결혼하여 떠나버리자 절망의 수렁에 빠진다. 부모에게 물려받은 빈의 집에서 여동생과 함께 늙어가기를 바랐다는 베르트하이머는 동생을 평생 증오하기로 결심한다. 하지만 동생의 결혼보다 그에게 더 큰 충격을 안겨주었던 사건은 '금세기 최고의 피아노 연주자' 글렌 굴드의 죽음이다. 실존 인물인 글렌 굴드를 소설에 등장시켰기 때문에 『몰락하는 자』는 출간 당시 더 큰 화제를 모았다. 캐나다 출신의 피아니스트 글렌 굴드는 소설이 출간되기 바로 전해, 그러니까 쉰 살 생일을 맞이한 지 일주일 만에 타계했다. 그를 불멸의 피아니스트로 만든 것은 바로 데뷔 음반(1955)에 담았던 바흐의 〈골트베르크 변주곡〉(1741)이었는데, 이 작품은 『몰락하는 자』의 창작 모티프를 제공하는 것에 그치지 않고 구성 원칙과도 연결된다. 〈골트베르크 변주곡〉은 바흐의 작품 중에서도 가장 연주하기 어려울 뿐만 아니라 고난도의 기술을 요하는 작품으로 꼽힌다. 주제곡과 30개의 변주곡으로 이루어진 이 작품은 원래 하프시코드용으로 작곡되었다. 때문에 2단 건반악기를 위해 작곡된 작품을 건반이 하나인 피아노로 연주한다는 것은 말처럼 쉽지가 않다. 베른하르트는 『몰락하는 자』에서 "아리아"(주제곡)라는 단어를 두 번, 그리고 "골트베르크 변주곡"이란 단어를 정확히 서른두 번 사

용했으며, 소설 첫 페이지에 소개된 '주제'는 작품 전체에 걸쳐 다양한 변주 형태로 반복된다.

피아노를 치면서 나지막하게 멜로디를 따라 부르던 모습, 오케스트라가 연주하는 동안 무대에서 신문을 읽었던 일화 등으로 곧잘 천재적인 괴짜로 그려져왔던 글렌 굴드는 데뷔 9년 만에 무대 활동을 접고 '스튜디오 음악가'로 음반 녹음에 전념했다. 여생을 자신의 예술관을 자유롭게 발전시키는 일에 바쳤던 글렌 굴드의 죽음은 베른하르트에게도 충격적으로 다가왔던 것으로 보인다. 하지만 베른하르트가 묘사한 글렌 굴드는 실존 인물인 글렌 굴드와는 여러 면에서 공통점을 보이면서도 허구적인 요소가 많다. 실재 인물인 글렌 굴드는 잘츠부르크에서 공부한 적도, 호로비츠를 사사한 적도 없으며, 두 사람이 추구했던 연주 방식은 근본적으로 달랐다고 한다. 또한 소설에서 글렌 굴드는 바흐의 〈골트베르크 변주곡〉을 연주하던 중에 뇌졸중으로 쓰러져 그 자리에서 숨을 거두지만, 실재의 글렌 굴드는 뇌졸중으로 쓰러지긴 했어도 며칠 뒤에 토론토의 어느 병원에서 숨을 거두었다. 이렇게 베른하르트의 글렌 굴드가 허구적 인물임은 틀림없지만, 베른하르트만의 독특한 서술 방식을 통해 허구와 현실의 경계는 불분명할 뿐만 아니라 그런 구분 자체에 의문을 던지게 한다. 허구냐 현실이냐의 문제를 떠나 베른하르트의 소설이 그 당시에 글렌 굴드를 둘러싼 신화를 창조하는 데 일조한 것만큼은 분명하다.

『몰락하는 자』의 실제 주인공은 글렌 굴드가 아니라 글렌 굴드라는 천재와의 만남을 통해 서서히 파멸해가는 베르트하이머다. 28년 전에

글렌 굴드와 베르트하이머와 '나'는 잘츠부르크의 모차르테움에서 한 해 여름 동안 (소설에 등장하는 또 다른 실존 인물인) 피아노의 거장 블라디미르 호로비츠의 수업을 같이 듣게 되며 "평생의 우정"을 맺는다. 우연히 학교 복도를 지나가다 글렌 굴드가 〈골트베르크 변주곡〉을 연습하는 것을 듣게 된 베르트하이머는 자신은 결코 그 수준에 도달할 수 없다는 사실을 깨닫고 피아노 대가가 되겠다는 꿈을 접고 점점 파멸해간다. '나' 역시 글렌 굴드의 천재성을 알아보고 음악을 포기한다. 베르트하이머는 "정신과학"으로 도피하여 글쓰기에 몰두하지만 죽기 전에 모든 쪽지를 불태워버리고, '나' 역시 스타인웨이 피아노를 어느 교사의 딸에게 줘버리고 "철학"으로 도피한다. '나'는 글렌 굴드에 관한 책을 쓰기 시작하지만 그 역시도 완성하지 못한다.

'나'는 글렌 굴드와의 관계를 놓고 "첫눈에 맺어진 정신적인 우정"이었다고 한다. 세 사람 모두 부유하지만 예술에 무지한 가족 환경 속에서 자랐다. 고립된 생활을 필요로 하는 이들에게 잘츠부르크는 사람이 지낼 곳이 못 되는 끔찍한 곳이다. 베른하르트의 작품 세계를 관통하는 오스트리아를 향한 증오는 이 작품에서도 여실히 드러난다. 주인공들에게 오스트리아는 한마디로 예술과 정신을 적대시하는 "비정신(Ungeist)"의 나라이며, 잘츠부르크는 기후를 비롯한 모든 것이 사람의 감수성을 말살시킬 뿐만 아니라, 잘츠부르크 주민들은 지방 기후를 닮아 고약한 사람들이다. 또한 시골 사람들은 도시인들에게 결코 뒤지지 않을 만큼 잔인한 사람들이다. 오스트리아에 대한 증오는 가족에 대한 증오와도 부합한다. '나'의 가족에게 예술이란 사교생활에서 자기 과시를 위한 수단에 불과하며, '나'는 가족에게 복수하

기 위해 피아노를 전공한다. "결국 부모님은 바로 지신들이 경멸하는 부류, 즉 예술가를 아들로 두게 됐다."

28년 전, 한 해 여름 동안 세 사람은 시내를 벗어나 조용한 레오폴츠크론 지역에 유명한 나치 조각가가 살았다는 집을 빌려 피아노 연습에 전념한다. '나'는 글렌 굴드와 베르트하이머를 끊임없이 비교한다. 글렌 굴드는 대충대충 하는 것을 끔찍하게 여기고 질서정연한 것을 좋아하는 완벽주의자로, 가차 없고 타협할 줄 모르는 사람으로 묘사된다. 그의 천재성은 단순히 타고난 재능이 아니라 혹독한 자기 훈련의 결과다. 그에게 인간의 가장 큰 적은 바로 자연이며, 피아노와 하나로 용해되는 것이 그의 소원이다("내가 스타인웨이가 돼서 글렌 굴드란 인간이 필요 없어진다면 정말 이상적일 텐데, (중략) 어느 날 눈을 떴을 때 스타인웨이와 글렌이 일심동체가 되어 있다면, 이라던 글렌의 말이 떠올랐다. 오직 바흐를 위한 글렌 스타인웨이, 스타인웨이 글렌, 이라던 그의 말이 떠올랐다").

반면 베르트하이머는 진정성이 결여된 인물로 타인을 의식하는 모방자로 그려진다. '몰락하는 자'는 첫 만남에서 베르트하이머를 꿰뚫어 본 글렌 굴드가 그에게 지어준 별명이다. '나'는 베르트하이머가 자기 자신을 유일무이한 존재로 보지 못한 "막다른 골목형 인간"이었기 때문에 파멸했다고 본다("꼭 천재여야 유일무이한 존재가 되는 것도 자기가 유일무이하다는 것을 인식할 수 있는 것도 아니지"). 〈골트베르크 변주곡〉을 연주하던 중에 쓰러졌던 글렌 굴드의 이상적인 자연사와 동생에게 복수하기 위한 수단이었던 베르트하이머의 자살. 두 사람은 죽음의 방식에서까지 대립된다. 글렌 굴드와 베르트하이머

의 비교 못지않게 '나'와 베르트하이머의 비교도 소설에서 중요하다. 베르트하이머는 늘 '내'가 언젠가 자살하리라고 말하지만 세 사람 중에서 결국 유일하게 살아남는 자는 화자다. '나'는 오스트리아를 떠났기 때문에 살아남을 수 있었다고 한다("빈에 계속 있었더라면 베르트하이머 말대로 빈은 나를 갉아먹고 빈 사람들은 내 목을 조르고 오스트리아 사람들은 나를 파멸시켰을 것이다"). '나'의 회상과 성찰은 자신이 베르트하이머와 어떻게 다르며 또 어떻게 '몰락' 하지 않고 살아남을 수 있었는지에 대한 자기반성 및 자기 정당화 기능을 한다. 하지만 '나' 역시 글렌 굴드를 만난 후로 "퇴화 과정"에 진입하게 되고 글렌 굴드라는 그림자를 끝내 떨쳐내지 못하는 모순적인 태도를 보인다.

글렌 굴드와 베르트하이머와 '나'는 인생과 예술을 대하는 세 가지 방식을 예시한다. 『몰락하는 자』는 예술가 소설이라기보다는 (글렌 굴드라는 인물을 통해 체현되는) '이상적 예술' 앞에서 끊임없이 좌절하고 '몰락'하는 인간상을 날카롭게 그려낸 작품이다.

2009년 노벨문학상을 수상한 헤르타 뮐러는 어느 인터뷰에서 자신이 베른하르트의 영향을 받았다고 했다. 루마니아의 독일계 소수민족이 사는 바나트 지방에서 태어난 뮐러는 베른하르트의 작품을 읽으며 마치 바나트에 관한 이야기를 대하는 것 같았으며 그의 책을 덮고 나서 고향을 바라보는 시선이 고통스러울 정도로 많이 달라졌다고 했다. 이처럼 베른하르트의 작품은 오스트리아라는 작은 국가의 정세나 사회문제에 국한되지 않고, 전 세계 독자들이 공감할 수 있는 인간의 실존적 문제들을 언어로 풀어낸다. 그리고 그간 평단뿐만 아니라 수

많은 독자와 관객을 사로잡아온 그의 작품들은 몇십 년이 지난 지금
도 변함없이 신선하고 강렬하게 다가온다.

박인원

1931년	2월 9일 네덜란드 헤이를런에서 사생아로 태어남. 미혼모로 베른하르트를 낳은 헤르타 베른하르트는 안나 베른하르트 와 향토 작가 요하네스 프로임비힐러의 딸로 태어났으며, 1930년 여름부터 네덜란드에서 가정부로 일하게 됨. 베른하르트의 아버지 알로이스 추커슈테터는 잘츠부르크 헨도르프 출신의 가구공으로 베른하르트를 아들로 인정하지 않음. 1935년까지 빈에서 외조부모 밑에서 성장함.
1935년	외조부모와 함께 잘츠부르크 주 제키르헨으로 이주함. 여기 서 보낸 유년 시절은 가장 행복했던 시절로 기억됨.
1937년	어머니가 에밀 파브얀과 결혼함. 파브얀이 이발사 일자리를 얻어 독일 트라운슈타인으로 이주함.
1939년	외조부모도 트라운슈타인으로 이사를 옴.
1940년	베른하르트의 생부 추커슈테터가 베를린에서 사망(자살로 추정됨).
1942년	트라운슈타인에서 보낸 학교생활은 암울한 시기로 기억됨. 튀링겐 주의 자알펠트에 있는 나치 감화원으로 보내짐.
1943년	잘츠부르크에서 남학교를 다니며 나치 학교 기숙사에서 지냄.
1944년	잘츠부르크 시에 심한 폭격이 있은 후, 외조모가 베른하르 트를 다시 트라운슈타인으로 데려옴. 형편이 어려움에도 불 구하고 외조부는 손자에게 바이올린 교육을 시킴.
1945년	외조부의 일기장에 의하면 베른하르트가 자살 기도. 나치 학교에서 가톨릭으로 바뀐 요하네움 학교 기숙사로 돌아옴. 인문계 김나지움 진학.

1946년	외조부모를 비롯한 일가는 잘츠부르크로 이주함.
1947년	성적이 나쁘고 집안 형편이 어려워서 김나지움을 자퇴하고, 잘츠부르크의 빈민가에 있는 생필품 가게에서 견습생으로 일함.
1949년	완쾌되지 않은 감기의 후유증으로 늑막염을 앓게 되며, 이는 나중에 폐결핵으로 진전됨. 베른하르트보다 며칠 먼저 입원했던 외조부가 2월 11일 신장병으로 사망함. 1951년까지 여러 차례 요양원 입원.
1950년	가명으로 잘츠부르크의 신문에 처음으로 단편소설을 발표함. 37세 연상인 헤트비히 스타비아니체크를 알게 됨. 그녀는 1984년 사망하기 전까지 베른하르트의 인생의 동반자가 됨. 10월 13일 어머니가 사망함.
1952년	카를 추크마이어의 주선으로 잘츠부르크에서 발간되는 〈민주국민일보Demokratisches Volksblatt〉에서 1954년까지 기자로 일하며 특히 그 지역 문화 소식과 법정 기사를 씀.
1955년	1957년까지 잘츠부르크의 모차르테움에서 성악, 연극, 연출 공부.
1957년	첫 시집 『지상과 지옥에서Auf der Erde und in der Hölle』를 잘츠부르크에서 출간. 빈으로 이주함. 작곡가 게르하르트 람퍼스베르크와 그의 부인 마야를 알게 되며, 1960년에 친분 관계가 깨지기 전까지 전위 예술가들이 많이 드나드는 람퍼스베르크의 시골 별장을 여러 차례 방문.
1958년	시집 『죽음의 순간In hora mortis』을 잘츠부르크에서 출간. 시집 『강철 달빛 아래Unter dem Eisen des Mondes』를 쾰른에서 출간.
1960년	오페라 리브레토 「머리Köpfe」(1957)와 단편극 세 편이 초연됨.

1963년	등단 소설 『서리*Frost*』를 프랑크푸르트에서 출간.
1964년	소설 『암라스*Amras*』를 프랑크푸르트에서 출간. 『서리』로 율리우스 캄페 상 수상. 주어캄프 출판사의 지크프리트 운젤트를 알게 됨.
1965년	『서리』로 브레멘 문학상 수상. 오버외스터라이히 주의 올스도르프에 낡은 농가를 매입함. 6월 1일 외조모 사망함.
1967년	『혼란*Verstörung*』을 출간.
1968년	오스트리아 국가상 수상. 시상식에서 베른하르트의 수상 소감은 큰 화제를 일으킴. 안톤 빌트간스 상 수상. 소설 『운게나흐*Ungenach*』를 출간.
1969년	소설 『바텐*Watten*』을 출간.
1970년	소설 『석회 공장*Das Kalkwerk*』을 출간. 베른하르트의 첫 극작품 『보리스를 위한 파티*Ein Fest für Boris*』가 함부르크에서 초연됨. 게오르크 뷔히너 상 수상.
1972년	그릴파르처 상 수상. 『방관자와 미치광이*Der Ignorant und der Wahnsinnige*』가 잘츠부르크에서 초연됨. 아돌프 그림메 상 수상. 프란츠 테오도어 초코르 상 수상. 가톨릭교회에서 탈퇴함.
1974년	『사냥 클럽*Die Jagdgesellschaft*』이 빈에서 초연됨. 『습관의 힘*Die Macht der Gewohnheit*』이 잘츠부르크에서 초연됨.
1975년	소설 『수정*Korrektur*』을 출간. 『대통령*Der Präsident*』이 빈에서 초연됨. 소설 『원인*Die Ursache*』을 출간.
1976년	소설 『지하실*Der Keller*』을 출간.
1977년	이란, 이집트, 이스라엘 여행.
1978년	소설 『호흡*Der Atem*』과 『예*Ja*』를 출간.
1979년	『은퇴를 앞두고*Vor dem Ruhestand*』가 슈투트가르트에서 초연됨. 독일어 문학 아카데미에서 탈퇴.

1980년	소설『싸구려 급식자들Die Billigesser』을 출간. 『세계 개혁 자Der Weltverbesserer』가 보훔에서 초연됨.
1981년	『추위Die Kälte』를 출간. 『목적지에서Am Ziel』가 잘츠부르 크에서 초연됨. 『봉우리마다 고요함이Über allen Gipfeln ist Ruh』를 집필(1982년 루트비히스부르크 페스티벌에서 초연 됨).
1982년	『한 아이Ein Kind』『콘크리트Beton』, 『비트겐슈타인의 조 카Wittgensteins Neffe』를 출간.
1983년	소설『몰락하는 자Der Untergeber』를 출간. 프레미오 몬델로 상 수상. 『빛 좋은 개살구Der Schein trügt』를 집필(1984년 보훔에서 초연됨).
1984년	헤트비히 스타비아니체크가 사망함. 『벌목Holzfällen』을 출 간. 『벌목』이 출판되자 게르하르트 람퍼스베르크가 명예훼 손죄로 고소함.
1985년	소설『옛 거장들Alte Meister』을 출간. 『연극쟁이Der Theater-macher』가 잘츠부르크에서 초연됨.
1986년	『단순복잡Einfach kompliziert』이 베를린에서 초연됨. 『리 터, 데네, 포스Ritter, Dene, Voss』가 잘츠부르크에서 초연 됨. 『소멸Auslöschung』을 출간.
1988년	『영웅 광장Heldenplatz』이 빈에서 초연됨. 오스트리아가 독 일군에 합병된 해를 기념하는 『영웅 광장』의 공연은 정치와 매스컴을 뜨겁게 달굼.
1989년	2월 12일 심장 질환으로 그문덴의 자택에서 사망함. 헤트 비히 스타비아니체크가 묻힌 빈의 그린칭어 묘지에 함께 안장됨.

세계문학은 국민문학 혹은 지역문학을 떠나 존재하는 문학이 아니지만 그것들의 총합도 아니다. 세계문학이라는 용어에는 그 나름의 언어와 전통을 갖고 있는 국민문학이나 지역문학의 존재를 인정하면서 그것을 넘어서는 문학의 보편적 질서에 대한 관념이 새겨져 있다. 그 용어를 처음 고안한 19세기 유럽인들은 유럽문학을 중심으로 그 질서를 구축했지만 풍부한 국민문학의 전통을 가지고 있는 현대의 문학 강국들은 나름의 방식으로 세계문학을 이해하면서 정전(正典)의 목록을 작성하고 또 수정한다.

한국에서도 세계문학 관념은 우리 사회와 문화의 변화 속에서 거듭 수정돼왔다. 어느 시기에는 제국 일본의 교양주의를 반영한 세계문학 관념이, 어느 시기에는 제3세계 민족주의에 동조한 세계문학 관념이 출현했고, 그러한 관념을 실천한 전집물이 출판됐다. 21세기 한국에 새로운 세계문학전집이 필요하다는 것은 명백하다. 우리의 지성과 감성의 기준에 부합하는 세계문학을 다시 구상할 때가 되었다.

문학동네 세계문학전집은 범세계적으로 통용되는 고전에 대한 상식을 존중하면서도 지난 반세기 동안 해외 주요 언어권에서 창작과 연구의 진전에 따라 일어난 정전의 변동을 고려하여 편성되었다. 그래서 불멸의 명작은 물론 동시대 세계의 중요한 정치·문화적 실천에 영감을 준 새로운 작품들을 두루 포함시켰다.

창립 이후 지금까지 한국문학 및 번역문학 출판에서 가장 전문적이고 생산적인 그룹을 대표해온 문학동네가 그간 축적한 문학 출판 경험을 바탕으로 새로운 세계문학전집을 펴낸다. 인류가 무지와 몽매의 어둠 속을 방황하면서도 끝내 길을 잃지 않은 것은 세계문학사의 하늘에 떠 있는 빛나는 별들이 길잡이가 되어주었기 때문이다. 우리가 자부심과 사명감 속에서 그리게 될 이 새로운 별자리가 독자들의 관심과 애정에 힘입어 우리 모두의 뿌듯한 자산이 되기를 소망한다.

문학동네 세계문학전집 편집위원
민은경, 박유하, 변현태, 송병선, 이재룡, 홍길표, 남진우, 황종연

세계문학전집 078

몰락하는 자

1판 1쇄 2011년 8월 29일
1판 10쇄 2024년 9월 10일

지은이 토마스 베른하르트 | 옮긴이 박인원

책임편집 우민정 | 편집 정신아 오동규 | 독자모니터 전혜진
디자인 김선미 최미영 | 저작권 박지영 형소진 최은진 오서영
마케팅 정민호 서지화 한민아 이민경 안남영 왕지경 정경주 김수인 김혜원 김하연 김예진
브랜딩 함유지 함근아 박민재 김희숙 이송이 박다솔 조다현 정승민 배진성
제작 강신은 김동욱 이순호 | 제작처 영신사

펴낸곳 (주)문학동네 | 펴낸이 김소영
출판등록 1993년 10월 22일 제2003-000045호
주소 10881 경기도 파주시 회동길 210
전자우편 editor@munhak.com | 대표전화 031)955-8888 | 팩스 031)955-8855
문의전화 031)955-1927(마케팅), 031)955-1916(편집)
문학동네카페 http://cafe.naver.com/mhdn
인스타그램 @munhakdongne | 트위터 @munhakdongne
북클럽문학동네 http://bookclubmunhak.com

ISBN 978-89-546-1566-2 04850
    978-89-546-0901-2 (세트)

www.munhak.com

● 문학동네 세계문학전집은 계속 출간됩니다